Bernhard Aichner
Kaschmirgefühl
Ein kleiner Roman über die Liebe

Auflage:
4   3   2
2022 2021 2020 2019

© 2019
HAYMON verlag
Innsbruck-Wien
www.haymonverlag.at

Alle Rechte vorbehalten. Kein Teil des Werkes darf in irgendeiner Form (Druck, Fotokopie, Mikrofilm oder in einem anderen Verfahren) ohne schriftliche Genehmigung des Verlages reproduziert oder unter Verwendung elektronischer Systeme verarbeitet, vervielfältigt oder verbreitet werden.

ISBN 978-3-7099-3456-2

Buchinnengestaltung und Satz:
himmel. Studio für Design und Kommunikation,
Innsbruck / Scheffau – www.himmel.co.at
Umschlag: Eisele Grafik · Design, München
Umschlagabbildung und Ziffern in Wolle: Fotowerk Aichner

Gedruckt auf umweltfreundlichem,
chlor- und säurefrei gebleichtem Papier.

Für dich, Ursula.
Nichts ist schöner, als mit dir
verrückt auf dieser Welt zu sein.
Du bist meine Sonne, mein Lächeln, mein Land.
Hand in Hand mit dir. Jeden Tag für immer.

2075

– Hörst du mich?

– Ja.

– Ich bin Yvonne. Und ich werde mich jetzt um dich kümmern. Ich werde dafür sorgen, dass du diesen Anruf nie wieder vergisst.

– Ich habe das hier noch nie gemacht.

– Das macht gar nichts. Du sagst mir, worauf du stehst, und dann machen wir alles, was du dir vorgestellt hast.

– Ich habe mir nichts vorgestellt.

– Ach, komm schon, Süßer.

– Wirklich nicht. Ich weiß nicht, wie das hier funktioniert. Ob ich das überhaupt kann. Fühlt sich irgendwie komisch an.

– Jetzt mal ganz langsam. Du bist doch scharf, oder? Sonst hättest du kaum hier angerufen. Also hör auf nachzudenken und entspann dich. Es gibt hier keine Regeln, kein richtig oder falsch. Es geht nur darum, dass wir beide ein bisschen Spaß miteinander haben.

– Ich bin mir nicht sicher.

– Mach dir keine Sorgen, gemeinsam bekommen wir das hin. Kannst mir vertrauen, ich bin richtig gut in meinem Job. Ich verspreche dir, dass du gleich den Orgasmus deines Lebens haben wirst.

– Danke.

– Du bedankst dich?

– Ja.

– Aber wofür denn?

– Dafür, dass Sie mich nicht auslachen.

– *Sie*? Du bist ja süß. So schüchtern, das mag ich. So einer wie du ist mir tausendmal lieber als all diese Typen, die nach vier Minuten auflegen und sich nicht mal verabschieden, geschweige denn sich für irgendwas bedanken. Freut mich wirklich sehr, dass du so höflich bist. Und dass du unter all den Frauen da draußen gerade mich angerufen hast.

– Das war Zufall.

– Das denke ich nicht. Ich weiß, das klingt verrückt, aber seit ich heute Morgen aufgewacht bin, warte ich insgeheim darauf.

– Worauf?

– Auf einen Anruf, der mein Leben verändern wird. Auf einen Mann, den ich glücklich machen kann. Auf einen, der vielleicht auch mich glücklich machen wird.

– Sagen Sie das zu jedem?

– Ja.

– Funktioniert es?

– Meistens. Aber jetzt mach erst mal deine Augen zu.

– Was soll ich?

– Du sollst deine Augen zumachen.

– Und wozu soll das gut sein?

– Ich bin dir näher, wenn sie zu sind. Also mach einfach, was ich dir sage, und alles wird gut.

– Sie sind jetzt zu.

– Sehr gut. Und jetzt möchte ich wissen, für wen ich mich ausziehe. Wie heißt du, mein Süßer?

– Joe.

– Echt jetzt?

– Ja.

– Du heißt doch nie im Leben Joe.

– Warum denn nicht?

– Weil du schüchtern bist. Und schüchterne Männer heißen nicht Joe. Außerdem hast du deine Augen offen.

– Woher wollen Sie das wissen?

– Ich mach das hier schon ziemlich lange.

– Ich fühle mich unwohl, wenn die Augen zu sind. Wie gesagt, es ist das erste Mal, dass ich so etwas mache.

– Dann lass sie offen. Aber bitte lüg mich nicht mehr an, Joe.

– Ich lüge nicht.

– Alle lügen, glaube mir. Das fängt beim Namen an und hört beim Aussehen auf. Du erzählst mir doch sicher gleich, dass du eins neunzig groß bist, schlank und muskulös, und dass du es eigentlich gar nicht nötig hättest, hier anzurufen. Stimmt's?

– Nötig habe ich das tatsächlich nicht.

– Wusste ich's doch.

– Vielleicht ist es besser, wenn ich jetzt auflege.

– Aber warum denn?

– Weil ich mir das anders vorgestellt habe.

– Wie denn? Sag es mir.

– Nicht so.

– Rede ich dir zu viel?

– Nein. Ich dachte einfach, dass es anders abläuft. Entschuldigen Sie bitte. Ich wollte Sie nicht kränken oder zurückweisen.

– Du willst mich nicht *zurückweisen*? Du hast das Konzept wohl nicht verstanden. Du bist es, der hier anruft. Du willst etwas von mir, und nicht ich von dir.

– Ich wollte Sie wirklich nicht verärgern.

– Hör endlich auf mich zu siezen. Sag mir lieber, was ich für dich tun kann. Wie du es gerne hättest. Ent-

täusch mich jetzt nicht, Joe. Auf welche Schweine-
reien stehst du?

– Sie sind seltsam.

– Was bin ich?

– Seltsam.

– Weil ich dir nicht sage, dass du der Größte bist, oder
was? Weil ich nicht stöhne? Ich bin dir zu wenig
Nutte, richtig?

– Nein, das ist es nicht.

– Soll ich dir sagen, dass ich nackt bin? Dich einfach
nur geil machen?

– Nein.

– Du willst dir ganz gemütlich einen runterholen,
genau so ist es doch, oder?

– Nein, so ist es nicht.

– Wie ist es dann, verdammt noch mal? Denkst du,
du kannst hier anrufen und mich beleidigen? Willst
du mich erniedrigen, dich abreagieren, deinen Frust
an mir abarbeiten?

– Es gibt keinen Grund, mich so anzufahren. Ich habe
Ihnen nichts getan.

– *Dir*. Ich habe *dir* nichts getan.

– Ich dachte, das hier ist eine Sexhotline.

– Ist es auch. Aber wir spielen hier nach meinen Regeln.
– Ich glaube nicht, dass ich das will.
– Du willst. Sonst hättest du bereits aufgelegt.
–
–
– Ich wollte dir wirklich nicht zu nahe treten.
– Du bist wirklich süß. So einen wie dich habe ich selten.
– Das alles hier ist ein großes Missverständnis. Ich wollte dich nicht erniedrigen. Tut mir wirklich leid.
– Bleib locker, Joe. Ich hab doch nur Spaß gemacht. Wollte sehen, wie du reagierst, wenn man dich anpflaumt. Quasi ein Belastungstest gleich zu Beginn. Ich würde sagen, du hast ihn bestanden.
–
–
– Warum tust du das?
– Damit das Ganze ein bisschen spannender wird. Wir beide wollen uns ja nicht langweilen, oder? Außerdem weiß ich jetzt, mit wem ich es zu tun habe. Du scheinst ein sensibler Mann zu sein. Ein Frauenversteher. Ist selten heutzutage. Gefällt mir,

Joe. Und deshalb darfst du dir jetzt auch etwas wünschen. Egal was, ich mache es.

– Ich muss jetzt auflegen.

– Aber warum denn?

– Das ist mir zu schräg hier. *Du* bist mir zu schräg.

– Ach, komm schon, Joe. Jetzt wird es doch richtig gemütlich. Wir lernen uns gerade erst kennen. Ich denke, dass das Ganze auch für mich spannend werden könnte. Wenn ich mir vorstelle, was du gleich mit mir machen wirst, werde ich ganz feucht.

– Es tut mir leid.

– Was tut dir jetzt schon wieder leid?

– Ich muss meine Mutter ins Bett bringen.

– Du musst deine Mutter ins Bett bringen? Habe ich das gerade richtig verstanden?

– Sie schläft. Tief und fest neben mir auf der Couch. Wenn sie die ganze Nacht hier liegt, jammert sie morgen wieder, dass sie Kreuzschmerzen hat.

– Was um Himmels willen redest du da?

– Sie ist vor dem Fernseher eingeschlafen, ich wollte sie nicht wecken.

– Spinnst du?

– Sie hat nur mich. Ich kümmere mich um sie.

– Du rufst bei einer Sexhotline an, während deine Mutter neben dir schläft?

– Ja.

– Das glaub ich jetzt nicht.

– Ist aber so.

– Da habe ich mich wohl getäuscht in dir. Schade. Du bist auch nur einer dieser Spinner, die mir mein Leben schwermachen.

– Aber es kann dir doch egal sein, ob sie da ist oder nicht.

– Glaubst du wirklich, dass ich es mit dir mache, während deine Mutter neben dir sitzt? Ich mag es zwar, wenn nicht immer alles ganz nach Plan läuft, aber das geht zu weit.

– Wenn man der Statistik glaubt, erledigst du ohnehin deine Hausarbeit, während du mit mir telefonierst. Wahrscheinlich bügelst du gerade.

– Drehst du jetzt völlig durch?

– Ich habe ein bisschen im Internet recherchiert, bevor ich diese Nummer gewählt habe. Es heißt, dass diese Frauen etwas ganz anderes machen, während sie telefonieren.

– Diese Frauen?

- Ja. Außerdem habe ich gelesen, dass es darum geht, die Anrufer so lange wie möglich in der Leitung zu halten.
- Du bist ja ein ganz Schlauer.
- Ich würde sagen, du bist außerordentlich gut. Auch wenn es ziemlich ungewöhnlich sein dürfte, wie du es machst. Wahrscheinlich kann nicht jeder damit umgehen, dass du so durchgeknallt bist, oder?
-
-
- Weißt du was, Joe?
- Was denn?
- Du kannst mich mal.

20:34

– Hörst du mich?

– Ja.

– Ich bin Yvonne. Und ich werde mich jetzt um dich kümmern. Ich werde dafür sorgen, dass du diesen Anruf nie wieder vergisst.

– Fängst du immer so an?

– Du schon wieder?

– Ja.

– Was soll das? Mit Perversen will ich nichts zu tun haben, ich denke, das habe ich klargemacht. Weck deine Mama auf und geh mit ihr ins Bett, wenn du willst. Aber mich lässt du bitte in Ruhe.

– Es gibt keine Mama auf der Couch. Die habe ich erfunden. Wollte nur sehen, wie du reagierst. Quasi ein Belastungstest gleich zu Beginn. Ich würde sagen, du bist durchgefallen.

–

–

– Du hast mich verarscht?

– Ja. So wie du mich vorhin. Ist nur fair, finde ich.

– Respekt. Hätte ich dir gar nicht zugetraut.

– Das freut mich, Yvonne.

– Das war ziemlich abgefahren, Joe.

– Danke.

– Ich muss zugeben, ich habe wirklich gedacht, dass du völlig humorlos und verklemmt bist.

– Bin ich das nicht?

– Schaut nicht so aus. Deshalb schlage ich vor, dass wir noch mal von vorne anfangen. Wir gehen die ganze Sache langsam und behutsam an. Wie du nämlich schon richtig gesagt hast, geht es hier darum, den Anrufer so lange wie möglich in der Leitung zu halten. Damit ich so viel Geld wie möglich verdiene.

– Du bist witzig.

– Ja, das bin ich wohl.

– Und sehr ehrlich.

– Da muss ich dich leider enttäuschen.

– Du heißt also nicht Yvonne?

– Natürlich nicht.

– Und du schaust auch nicht so aus wie auf der Anzeige?

– Auf welcher denn? Ich habe in verschiedenen Zeitungen inseriert. Mit unterschiedlichen Fotos. Welches hast du vor dir?

– Blond, große Brüste.

– Oh ja, die ist heiß. Das Foto funktioniert am besten.

– Wer ist die Frau?

– Keine Ahnung, ich hab das Foto aus dem Netz geklaut.

– Aber das ist doch strafbar, oder? Warum erzählst du mir das?

– Weil ich mich dir zuliebe bemühe, ehrlich zu sein.

– Aber es fällt dir schwer.

– Ja. Weil es am Ende nur darum geht, Illusionen zu verkaufen. Wenn die Männer da draußen große Brüste wollen, habe ich große Brüste. Wenn sie auf kleine stehen, habe ich kleine. Ich bin alles, was du dir wünschst, Joe.

–

– Also was macht dich an? Warum hast du mich angerufen?

– Das ist eine gute Frage.

– Darf ich raten?

– Ja.

– Du bist verheiratet, in deiner Ehe läuft es nicht mehr so richtig. Du bist verzweifelt und wolltest endlich wieder mal Dampf ablassen. Richtig?

– Falsch.

– Dann bist du einer dieser einsamen Kerle, die niemanden haben, mit dem sie reden können. Du hattest seit Monaten keinen Sex, wahrscheinlich schon seit Jahren nicht. Und jetzt hast du dich nach langem Hin und Her endlich dazu durchgerungen, bei dieser Nummer anzurufen.

– Nein, so ist es auch nicht.

– Wie ist es dann, Joe?

– Ich bin glücklich verliebt.

– Ich verstehe. Und deshalb rufst du die Frau mit den großen Titten an.

– Es ist kompliziert.

– Ich habe Zeit, Joe. Und ich höre dir gerne zu. Aber weil ich heute einen guten Tag habe, sage ich es dir noch einmal. Dieses Gespräch kostet Geld. Vor allem, wenn du dich entschließt, länger auszuholen.

– Geld spielt keine Rolle.

– Das sagst du jetzt. Aber nachher bereust du es. Es wäre nicht das erste Mal, dass sich hier einer um den Verstand redet. Wenn du also möchtest, kann ich mein Strickzeug kurz zur Seite legen, und wir machen es miteinander.

– Strickzeug? Kein Scherz?

– Kein Scherz. Ich bin nackt, und ich stricke. Sitze in meinem Schaukelstuhl und warte darauf, dass aus dieser verdammten Wolle ein Pullover wird. Aber leider ist die Sache wesentlich schwieriger, als ich mir das vorgestellt habe. Ich bin völlig unbegabt, was das Stricken angeht.

–

–

– Du bist also nackt?

– Ja. Da ist nur der Wollfaden auf mir.

– Erzähl mir mehr.

– Ich dachte, du wolltest mit mir über deine wunderbare Beziehung reden.

– Wie schaust du wirklich aus? Kleine Brüste?

– Was denn nun, Joe? Doch die Sexhotline?

–

– Ficken oder reden, Joe? Du musst dich entscheiden.

– Reden. Wie gesagt. Ich bin verliebt.

– Noch mal, Joe. Warum rufst du hier an?

– Wir telefonieren doch nur. Es ist nichts passiert.

– Noch nicht, Joe. Aber der Wollfaden, der zwischen meinen Beinen liegt, sagt mir, dass es nicht mehr lange so bleiben wird. Kaschmir, Joe. Diese wunderbare Wolle ist wie ein Finger, der mich da unten berührt. Wenn ich weiterstricke, läuft der Faden genau über meine feuchte Muschi.

– Muschi?

– Ja, Joe. Muschi.

– So hat meine Mutter dazu gesagt, als ich ein Kind war.

– Du kannst sie auch Fotze nennen. Oder Möse, wenn dir das lieber ist. Wichtig ist nur, dass sie nass ist. Und dass sie sich jetzt durchaus vorstellen könnte, wie du sie leckst.

– Hör bitte auf, so zu reden.

– Wie rede ich denn?

– Das ist ordinär. Und widerlich. Ich will das so nicht.

– Aber ich spüre doch, dass du heiß bist, Joe. Am liebsten würdest du mir mein Strickzeug aus der Hand reißen und über mich herfallen, stimmt's?

– Nein.

– Warum nicht?

– Ich kann nicht.

– Schämst du dich?

– Nein.

– Doch, das tust du, Joe. Das alles hier passt nämlich nicht in deine Welt. Es ist dir peinlich, dich mit einer wie mir über ihre feuchte Muschi zu unterhalten. So ist es doch, oder? Deine Geliebte könnte ja davon erfahren. Sie würde dir das nie verzeihen, richtig?

– Richtig.

– Das ist Schwachsinn, Joe. Und weißt du auch, warum? Es gibt gar keine Geliebte. Und du bist auch nicht glücklich, du bist allein da draußen. Und nur aus einem einzigen Grund rufst du die Tittennummer an. Weil da sonst keiner ist, der dich in den Arm nimmt, Joe. Niemand außer mir.

– Du irrst dich.

– Und du bist feige. Traust dich nicht. Tust nicht, was du gerne tun möchtest.

– Das ist lächerlich. Ich muss mir das hier nicht anhören.

– Du bist dir also zu gut dafür, es der versauten Schlampe am Telefon zu besorgen. Du hältst dich für etwas Besseres, nicht wahr? Aber das ist lächerlich, Joe. Weil du in Wirklichkeit doch nur ein verklemmter kleiner Scheißer bist. Einer, der mir Märchen erzählt, weil er nicht imstande ist, sich ein einziges Mal im Leben fallen zu lassen.

–

– Du bist eine traurige Figur, Joe. Du verschwendest dein Geld. Und meine Zeit.

– Dann lege ich jetzt besser auf.

– Nein, das tust du nicht. Wir sind noch nicht fertig miteinander.

– Doch, das sind wir.

27:53

– Hörst du mich?

– Ja.

– Joe?

– Ich weiß auch nicht, warum ich noch einmal anrufe.

– Es ist schön, dass du das tust. Ehrlich, ich freue mich, Joe.

– Warum?

– Weil das normalerweise nicht meine Art ist. Ich wollte nicht so aufbrausend sein, dich nicht beschimpfen. Ich weiß auch nicht, warum ich das getan habe. Wahrscheinlich, weil du auflegen wolltest. Weil du mir nicht die Chance gegeben hast, dir zu zeigen, wie gut ich wirklich bin. Es war dumm von mir.

– Du entschuldigst dich bei mir?

– Ja. Und ich möchte es wiedergutmachen.

– Wie?

– Du erinnerst dich doch noch, oder? Ich bin nackt. Und ich stricke.

– Wir wissen beide, dass du nicht nackt bist.

– Stimmt. Aber ich stricke.

– Immerhin.

– Diese Wolle hat ein Vermögen gekostet. Eine Schande, dass das nichts wird.

– Das macht nichts. Muss ja nicht jeder stricken können, oder?

– Kann *sie* es?

– Wer?

– Deine Freundin. Die Frau, in die du verliebt bist. Erzählst du mir von ihr?

– Ich weiß nicht, ob das eine gute Idee ist. Wie wir
gesehen haben, neigst du zu Eifersuchtsausbrüchen.

– Hey, du sollst mich nicht zum Lachen bringen. Du
sollst mir nur von dieser Frau erzählen. Also mach
schon. Ich verspreche, ich werde dir zuhören und
mich zurückhalten. Ich werde nichts mehr sagen,
das dich verletzt.

– Sicher?

– Versprochen.

– Ich weiß aber nicht, wo ich anfangen soll.

– Vielleicht bei ihrem Namen?

–

–

– Sie heißt Marie.

– Ach?

– Gefällt dir der Name nicht?

– Doch, schon. Natürlich gefällt mir der Name. Aber
das ist jetzt lustig. Fast ein bisschen unheimlich.

– Was?

– Ich heiße auch Marie.

– Nein.

– Doch. Ist verrückt, oder?

– Ja.

– Wie lange seid ihr schon zusammen? Wo habt ihr euch kennengelernt?

– Wenn ich dir alles erzähle, was passiert ist, telefonieren wir morgen früh noch miteinander.

– Ist doch gut. Du hast gesagt, Geld spielt keine Rolle, oder? Also komm, Joe. Erzähl mir was Schönes. Erzähl mir von Marie.

– Ich heiße nicht Joe.

– Ist doch völlig egal, wie du heißt.

– Nein, ist es nicht. Ich heiße Gottlieb.

–

–

– Gottlieb?

– Klingt beschissen, oder?

– Ganz im Gegenteil. Gottlieb und Marie. Das ist süß.

– Findest du wirklich?

– Ja. Aber jetzt erzähl erst mal.

– Die Geschichte ist wesentlich komplizierter, als du denkst.

– Du machst es ziemlich spannend, mein Guter.

– Ich bemühe mich.

– Wenn du nicht willst, dass ich vor Neugier sterbe, dann leg endlich los.

– Du wirst mich nicht auslachen? Nichts sagen, das es kaputt macht? Du lässt es ganz, einverstanden?

– Du hast mein Wort.

– Mit großer Wahrscheinlichkeit wirst du mir nicht glauben.

– Das lass mal meine Sorge sein. Ich werde mich zurücklehnen und stricken.

– Du darfst natürlich Zwischenfragen stellen, wenn du möchtest.

– Das ist sehr großzügig von dir.

– Ich beginne ganz am Anfang. Fange mit der Nacht an, in der ich das Geld gewonnen habe.

– Welches Geld?

– Dazu komme ich gleich. Ich muss dir zuerst von dem Buch erzählen. Ein Reiseführer über Venedig, den ich mir in der Bücherei ausgeliehen habe. Ich bin mit dem Führer nach Hause, hab mich danach gesehnt, einmal dorthin zu fahren. Ich habe mir vorgestellt, wie ich durch die engen Gassen gehe, über die vielen Brücken. Ich habe mir sogar vorgestellt, wie es wäre, mit einer dieser Gondeln zu fahren.

– Und weiter?

– Ich sitze zuhause in meinem Wohnzimmer und blättere, schaue mir die Bilder an. Und dann ist da dieser Lottoschein.

– Ein Lottoschein?

– Ja. Und er war noch gültig. Ein Tipp für die Ziehung am selben Abend. Derjenige, der das Buch vor mir ausgeliehen hat, muss den Schein als Lesezeichen benutzt und ihn in dem Buch vergessen haben.

– Du willst mir jetzt aber nicht sagen, dass du im Lotto gewonnen hast.

– Doch.

– Wow. Das klingt unglaublich. Wahnsinn. Ich freue mich mit dir, Gottlieb.

– Ich habe den Fernseher eingeschaltet und auf die Ziehung gewartet. Ich kannte das, weil meine Mutter früher auch immer gespielt hat. Sie ist auf der Couch gesessen und hat mitgefiebert. Zweimal pro Woche hat sie gehofft, dass ihr Leben mit einem Schlag ein anderes wird. Aber es ist nie eingetreten.

– Was ist mit deiner Mutter?

– Sie ist gestorben.

– Das tut mir leid.

– Muss es nicht.

– Wie ist sie gestorben?

– Darüber möchte ich nicht reden. Nur darüber, dass sie nicht mehr mitbekommen hat, was an dem Abend passiert ist. Dass ich mit einem Bleistift eine Zahl nach der anderen auf dem Schein eingekreist habe. Bei der ersten dachte ich mir noch nichts, bei der zweiten wurde ich nervös, bei der dritten habe ich mich bereits über einen kleinen Gewinn gefreut. Ich hatte wirklich nicht damit gerechnet, dass noch eine vierte Zahl übereinstimmen würde, und dann die fünfte.

– Du hattest fünf Richtige? Echt jetzt? Ist ja völlig irre.

– Ich hatte sechs Richtige.

– Das kann nicht sein.

– Doch. Ich habe es bestimmt hundert Mal kontrolliert, ob die Zahlen übereinstimmen. Ich konnte es selbst nicht glauben.

– Du verarschst mich doch wieder.

– Nein. Ich habe im Lotto gewonnen in dieser Nacht. Zweimillionensechshundertfünfundzwanzigtausend Euro.

– Du findest einen Lottoschein und gewinnst zwei-
   einhalb Millionen?
– Ja, so ist es.
– Das ist ja völlig abgedreht.
– Ja. Ich habe mich die ganze Nacht lang hemmungs-
   los betrunken. Ich habe gefeiert. Es hat sich so un-
   wirklich angefühlt alles. Aber es war wunderschön.
– Du warst allein?
– Ja.
– Hast du niemanden angerufen?
– Nein. Weil ich eigentlich vom ersten Moment an
   gewusst habe, dass es nicht richtig war.
– Was war nicht richtig?
– Es war nicht mein Lottoschein.
– Du willst mir sagen, dass du Skrupel hattest?
– Ich hatte ein schlechtes Gewissen.
– Bist du Jesus, oder was?
– Jemand anderer hat den Schein gekauft, nicht ich.
   Irgendjemand saß vielleicht vor dem Fernseher an
   diesem Abend und hat sich zu Tode geärgert, dass
   der Schein nicht mehr da war.
– Das ist doch Unsinn.
– Stell dir vor, du wärst es gewesen, die die richtigen
   Zahlen getippt hat. Frag dich, wie es dir gegangen

wäre, wenn du erfahren hättest, dass du gewonnen hast, der beschissene Schein aber als Lesezeichen in einem Buch liegt, das du nicht mehr hast.

– So etwas will ich mir gar nicht vorstellen. Und du solltest das auch nicht. Du bist jetzt ein verdammter Millionär, Gottlieb. Millionäre beschäftigen sich nicht mit solchen Dingen, verstehst du? Es war Schicksal, dass du dieses Buch ausgeliehen und den Schein gefunden hast. Du hattest verdammtes Glück.

– Auf bestimmte Art und Weise hatte ich das, ja.

– Ich weiß, was jetzt kommt. Und ich will es nicht hören.

– Du hast mir versprochen, dass du es nicht kaputt machst.

– Das mache ich nicht. Trotzdem befürchte ich das Schlimmste, wenn ich mir ausmale, was du getan hast.

– Ich kann nicht aus meiner Haut. Niemand kann das.

– Darf ich raten? Es war der Schein von Marie. Sie hat die Zahlen getippt, richtig?

– Ja.

– Sie hatte das Buch vor dir ausgeliehen. Und du hast es irgendwie fertiggebracht, herauszufinden, wer sie ist. Du hast sie getroffen, hast ihr den Schein zurückgegeben, und sie ist dir um den Hals gefallen. Friede, Freude, Eierkuchen. Seitdem seid ihr zusammen, schwimmt im Geld, habt Sex ohne Ende und leistet euch kleine Alltagsproblemchen, die dich am Ende dazu getrieben haben, bei mir anzurufen.

– Nein, ganz so war es nicht.

– Sorry, Gottlieb. So viel Romantik ertrage ich nicht.

– Aber die Geschichte ist doch noch gar nicht zu Ende. Möchtest du nicht wissen, wie es weitergeht? Was am nächsten Tag passiert ist?

– Ich bin mir nicht sicher. Außerdem muss ich kurz auflegen. Schnell etwas erledigen.

– Was denn?

– Ist nicht wichtig. Ich brauche zwanzig Minuten, dann kannst du mich wieder anrufen.

– Du glaubst mir nicht, oder?

– Ist doch egal, ob ich dir glaube. Fakt ist, dass ich mich jetzt um etwas anderes kümmern muss.

– Worum denn?

– Das ist meine Sache, Gottlieb. Ich kann dir nur sagen, dass es wichtig ist.

– Bitte leg jetzt nicht auf, Marie.

22:34

–

–

– Gottlieb?

– Ja.

– Es tut mir leid.

– Was tut dir leid?

– Dass ich aufgelegt habe. Ich wollte dir nicht das Gefühl geben, dass mich deine Geschichte nicht interessiert. Das Gegenteil ist nämlich der Fall.

– Was war denn so wichtig?

– Nichts. Ich musste nur kurz weg, Gottlieb.

–

–

– Du willst wirklich wissen, wie es weiterging, Marie?

– Natürlich will ich das. Ich kenne niemanden, der im Lotto gewonnen hat. Das ist aufregend, dieses Gefühl muss unbeschreiblich gewesen sein.

– Ja, das war es.

– Und ich höre dir gerne zu, Gottlieb.

– Du machst das doch nur wegen des Geldes.

– Nicht nur deshalb.

– Gib es doch zu. Das ist der einzige Grund, warum du mit mir redest. Ich bezahle, und du lässt das alles hier über dich ergehen.

– Nein. Ich mache nur, was ich will. Wenn ich keine Lust habe zuzuhören, lege ich auf.

– Bei mir hast du bereits aufgelegt.

– Es gibt noch andere Dinge neben deinem Liebeskummer, um die ich mich kümmern muss. Mein Leben ist ebenfalls kompliziert, glaub mir.

– Erzählst du es mir?

– Ganz langsam, Gottlieb. Wir beide kennen uns gerade mal zwei Stunden. Du hast hier angerufen, weil du ein bisschen Spaß wolltest, und ich kann dir dabei helfen.

– Ich wollte doch nur wissen, was du machst, während ich dir mein Herz ausschütte. Ich möchte sicher sein, dass du mir auch wirklich zuhörst.

– Du kannst dir sicher sein.

– Wer weiß, was du noch alles nebenbei machst. Fernsehen, E-Mails schreiben.

–

– Sag mir doch einfach, was so wichtig war, dass du mich unterbrochen hast, Marie. Ist doch nicht so schlimm, oder?

– Das ist privat, Gottlieb. Und du solltest das akzeptieren. Ansonsten blockiere ich deine Nummer und wir werden uns nie wieder hören.

– Bis jetzt habe ich noch mit niemandem über all das gesprochen. Keiner weiß von dem Lottoschein. Was ich dir erzählt habe, ist genauso privat. Ich habe dir etwas über mich verraten, und du verrätst mir jetzt etwas über dich.

– Du lässt nicht locker, oder?

– Nein.

– Du willst also wirklich wissen, was ich in der letzten Viertelstunde gemacht habe?

– Ja.

– Du willst mehr, als dir zusteht. Mehr als alle anderen von mir bekommen.

–

– Na gut, Gottlieb. Dann halt dich mal fest. Die Wirklichkeit ist nämlich gar nicht so aufregend, wie du sie dir vorstellst. Aber wenn du unbedingt willst, dann werde ich dich an meinem Elend teilhaben lassen.

– Ist ja schon gut. Du musst nicht wieder laut werden.

– Doch, das muss ich.

– Von mir aus kannst du es für dich behalten.

– Nein. Du wolltest es wissen, und ich werde dir sagen, warum ich aufgelegt habe. Warum ich meine Arbeit unterbrochen und einen guten Kunden vor den Kopf gestoßen habe. Die Antwort ist einfach, Gottlieb.

– Ich wollte dich nicht verärgern.

– Hast du nicht.

– Was dann?

– Ich habe ein Kind. Und dieses Kind ist aufgewacht, als du mir von deiner wunderbaren Marie erzählen wolltest. Das Kind hat geweint, und ich musste das Kind in den Schlaf streicheln. So einfach ist das. Ich bin eine jämmerliche Mutter, die es irgendwelchen geilen Typen besorgt, während das eigene Kind im Nebenraum schläft. Bist du jetzt zufrieden? Ist es das, was du hören wolltest? Ist dir das privat genug?

–

–

– Das wollte ich nicht, Marie.

– Was wolltest du nicht? Die Wahrheit? Ich wusste doch, dass dir das nicht gefällt. Dass die Blonde mit den großen Titten auch ein Leben hat, passt nicht in deinen Kram. Das erträgst du nicht, oder? Dass es nicht nur um dich geht. Dass ich nicht einfach nur funktioniere. Ist doch so, oder?

– Nein. Es ist wirklich schön, dass du mir das erzählt hast.

– Wirklich schön findest du das? Dass ich mich als Alleinerzieherin gerade mal so durchschlage? Hast du mich deshalb angerufen? Weil du Freude daran hast, mir zu sagen, dass dein Leben besser ist als meines? Macht dir das Spaß? Der Nutte am Telefon von deiner heilen Welt zu erzählen. Macht dich das an? Musst du mich demütigen, damit du bekommst, was du willst?

– Nein, so ist das nicht.

– Wie ist es dann?

– Ich wollte dir nur sagen, dass ich es schön finde, dass du ein Kind hast. Mehr nicht. Ich wollte mich nicht über dich stellen, dir nicht das Gefühl geben, dass ich etwas Besseres bin. Ich wollte einfach nur nett sein.

– Du gewinnst im Lotto, und ich kann kaum meine Miete bezahlen. Du machst dir Gedanken darüber, ob es richtig ist oder falsch, das Geld zu behalten, während ich mir überlegen muss, wie ich mein Kind durchbringe. Das ist Scheiße, Gottlieb. Ganz ehrlich, keine Marie auf dieser Welt findet das cool. Auch deine nicht.

– Stimmt.

– Was stimmt?

– Sie fand das auch nicht lustig, was ich gemacht habe.

– Was hast du denn gemacht?

– Ich darf also weitererzählen?

– Ja. Ich beruhige mich wieder.

– Wie gesagt, ich wollte dich nicht verletzen.

– Halt die Klappe, Jesus, und überrasch mich mit deiner Geschichte. Vielleicht hattest du ja am Ende mehr Glück als ich.

– Und was ist mit deinem Kind?

– Es schläft.

– Ist es ein Mädchen?

– Ja.

– Wie alt?

– Sieben. Aber du bist jetzt dran. Jetzt geht es wieder um dich, nicht um mich. Du hast meine volle Aufmerksamkeit. Sollst ja schließlich was bekommen für dein Geld.

–

–

– Ich weiß jetzt nicht mehr, ob es eine gute Idee ist, mit dir darüber zu reden, Marie. Vielleicht sollten wir das doch besser lassen.

– Glaubst du, ich ertrage so viel Glück nicht?

– Doch, natürlich.

– Du denkst, dass ich mir Geschichten von der großen Liebe nicht anhören kann, weil ich selbst gescheitert bin? Du zögerst nur deshalb, richtig? Aber ich kann dich beruhigen, ich schaffe das. Bin ein großes Mädchen. Und kann auch gerne noch mal alles für dich zusammenfassen.

– Was meinst du?

– Der gute Gottlieb hat im Lotto gewonnen. Er hat sich betrunken, ist am nächsten Tag aufgewacht und wurde von seinem Gewissen geprügelt. Er hat es nicht ausgehalten, dass der Gewinn eigentlich jemand anderem zugestanden wäre. Deshalb hat er sich auf den Weg gemacht, um herauszufinden, wer das Buch vor ihm ausgeliehen hat. Soweit alles richtig?

– Ja.

– Du bist in die Bibliothek und hast die Ausleiherin bekniet, dass sie dir den Namen der Person verrät, die ebenfalls nach Venedig wollte. Du warst beharrlich, hast deinen ganzen Charme spielen lassen, und am Ende hat sie dir gesagt, was du wissen wolltest. Genauso war es doch, oder?

– Nein. *Datenschutz*, hat sie gesagt. Ich musste warten, bis sie ihren Arbeitsplatz verlassen hat, und bin dann selbst an den Computer.

– So mutig?

– Ja. Ich wollte es unbedingt wissen. Ich hätte mir das sonst nie verziehen.

– Sie hat dich nicht dabei erwischt?

– Nein. Es war ganz leicht. Ich habe den Titel eingegeben, und da stand dann ihr Name. Ihre Adresse. Ein kleines Einfamilienhaus am Stadtrand.

– Du bist dorthin gefahren.

– Ich bin zu Fuß gegangen. Ich musste nachdenken. Habe mir überlegt, was ich mache, wenn ich ankomme. Ob ich klingeln soll. Was ich sagen soll. Ich hatte keine Ahnung, was passieren würde.

– Trotzdem bist du dorthin.

– Ja.

– Hattest du den Schein dabei?

– Ja.

– Du hast ihn ihr tatsächlich zurückgegeben? Einer völlig Fremden zweieinhalb Millionen geschenkt? Das ist wirklich hart, Gottlieb. Dafür müsste man dich eigentlich steinigen. Auch wenn es löblich ist und ich verstehen kann, dass du Skrupel hattest. Aber am Ende war es nur dumm, was du getan hast.

– Ich habe ihr den Schein nicht zurückgegeben.

- Was dann?

- Ich habe ihr das Leben gerettet.

- Was hast du?

- Du hast mich schon richtig verstanden.

- Warum? Was ist passiert?

- Ich habe über das Geld nachgedacht. Wie es mein Leben verändern könnte. Was sich meine Mutter immer gewünscht hatte, ist mir passiert. Zweieinhalb Millionen. Ich habe mir vorgestellt, was ich damit machen würde. Kurz habe ich es vor mir gesehen.

- Was denn?

- Dass ich neu anfangen könnte.

- Hast du aber nicht?

-

- Mach es bitte nicht so spannend, Gottlieb. Was war mit Marie? Was ist ihr zugestoßen?

- Bevor ich dir das verrate, musst du mir wieder etwas über dich verraten.

- Fängst du schon wieder damit an?

- Du bist doch neugierig, oder?

- Bin ich, ja. Aber du überspannst den Bogen. Das läuft hier so nicht. Bitte mach es nicht kompliziert,

Gottlieb. Wer weiß, was alles passieren wird heute Nacht. Deshalb halte bitte deine Neugier im Zaum und erzähl einfach weiter.

– Sag mir nur, warum du das machst. Die Sache mit der Hotline. Warum tust du das, Marie?

– Was willst du jetzt hören?

– Die Wahrheit.

– Unter dieser Nummer gibt es keine Wahrheit. Damit solltest du dich ganz schnell abfinden. Sonst wird das nichts mit uns beiden.

– Bitte, leg jetzt nicht wieder auf, Marie.

– Das Kind weint wieder.

– Tut es nicht.

– Doch, Gottlieb.

– Dieses Kind gibt es nicht wirklich, oder?

– Wer weiß das schon.

–

–

– Soll ich wieder anrufen, Marie?

– Das musst du wissen.

23:72

– Ich bin's.

– Dachte ich mir.

– Du musst keine Fragen mehr beantworten, wenn du nicht willst.

– Das ist sehr erfreulich.

– Ich möchte dir einfach nur meine Geschichte erzählen. Mehr nicht.

– Gute Entscheidung, Gottlieb. Du bist ein kluger Mann. Und ein Held, so wie es aussieht. Ich bin gespannt, wie du es angestellt hast. Wie hast du deiner Marie das Leben gerettet? Ich brenne vor Neugier.

–

–

– Sie wollte sich umbringen.

– Das klingt aber nicht sehr romantisch.

– War es auch nicht. Damit hatte ich nicht gerechnet. Ich hatte eigentlich mit gar nichts gerechnet. Wie gesagt, ich wusste nicht einmal, ob ich sie überhaupt ansprechen soll, wenn ich bei dem Haus ankomme. Oder ob ich besser wieder verschwinden soll.

– Wie hast du dich entschieden?

– Ich habe nichts gesagt, weil alles so schnell ging. Ich hatte gerade telefoniert, und da war sie. Sie kniete vor der Eingangstür und schnürte sich die Schuhe.

Ich habe sie beobachtet, wie sie aufstand und losging.

– Hast du etwas gesagt?

– Nein. Ich bin einfach hinter ihr her, habe einen Fuß vor den anderen gesetzt. Ich war aufgeregt.

– Wie sah sie aus?

– Hübsch. Sehr hübsch sogar.

– Und wohin ist sie gegangen?

– In den Wald. Es gibt da einen kleinen Schwimmteich, vielleicht eine Stunde zu Fuß von ihrem Haus entfernt. Ich dachte, sie geht nur spazieren. Sie hat nicht den Eindruck auf mich gemacht, dass etwas nicht stimmen könnte. Ich war so damit beschäftigt, wie ich es ihr sagen sollte. Aus dem Bauch heraus hatte ich entschieden, die Dinge wieder richtigzustellen. Ihr zu geben, was ihr zustand. Ich wollte nicht damit leben, das Glück eines anderen zu stehlen.

– Glück kann man nicht stehlen. Man hat es oder man hat es nicht.

– Marie hatte wohl keines.

– Aber das ist nicht dein Problem, Gottlieb. Du kannst nicht alle traurigen Gestalten da draußen retten.

– Wenn ich nicht da gewesen wäre, wäre sie in dem eiskalten Wasser ertrunken. Sie wäre für immer verschwunden. Sie wäre gestorben.

– Und du hättest dir keine Sorgen mehr darüber machen müssen, was du mit dem vielen Geld anstellst. Jeder hätte bekommen, was er wollte.

– Das ist nicht lustig. Nichts von alledem. Sie wollte sich vor meinen Augen das Leben nehmen, verstehst du das? Hörst du mir überhaupt zu?

– Ja, ja, ja. Tut mir leid.

– Das war etwas vom Schlimmsten, was ich je erlebt habe, und dir fällt nichts Besseres ein, als einen Witz daraus zu machen.

– Ich sagte doch, dass es mir leidtut. Ich bin etwas überfordert von deiner Geschichte. Also sei bitte nachsichtig mit mir, vergiss, was ich gesagt habe, und erzähl weiter.

– Der See war zugefroren. Alles war ganz still, märchenhaft hat es ausgesehen, als sie diesen Stock genommen hat und auf das Eis gegangen ist. Ich habe mich hinter den Bäumen versteckt und ihr zugesehen. Ganz gelassen war sie, eine Frau ohne Angst. Ich habe sie bewundert für ihren Mut. Ich dachte, dass sie darauf vertraut, dass das Eis sie hält. Sie hat nicht nach unten geschaut, bis sie stehen geblieben ist und mit dem Stock ein Loch in das Eis gemacht hat. Sie hat so lange auf die Eisplatte eingeschlagen, bis sie gebrochen ist.

– Und dann?

– Ist sie gesprungen. Sie hat einen Schritt nach vorne gemacht und ist gefallen. Von einer Sekunde zur anderen war sie weg. Ich stand da, konnte es nicht glauben. Kurz war ich wie gelähmt. Es waren wahrscheinlich nur zehn Sekunden, die ich gezögert habe, vorgekommen ist es mir wie eine Ewigkeit.

– Was für ein Horror.

– Ich bin zu dem Loch gelaufen. Bei jedem Schritt hatte ich Angst, dass das Eis mich nicht hält. Dass ich einbreche, untergehe. Sterbe.

– Das ist heftig, Gottlieb.

– Wenn ich noch länger gewartet hätte, wäre ich wahrscheinlich zu spät gekommen. Also habe ich meine Jacke ausgezogen und bin in das Loch gesprungen.

– Bist du nicht.

– Doch. Es war eiskalt. Alles in mir hat geschrien, es war dunkel, ich wollte wieder nach oben. Aber ich musste sie finden. Ich habe mit meinen Armen gerudert, habe gehofft, dass sie noch irgendwo in der Nähe ist, dass ich sie sehen kann, sie zufällig berühre, doch da war nichts. Ich bin wieder aufgetaucht, habe Luft geholt und bin noch mal nach unten.

– Du bist ja völlig verrückt.

– Ich dachte, ich erfriere. Ich konnte mich kaum noch bewegen, habe nichts mehr gespürt. Ich wollte aufgeben, mich treiben lassen, ich hatte keine Kraft mehr. Dann endlich. Meine Arme haben ihren Körper berührt. Es war Zufall.

– Es gibt keine Zufälle, Gottlieb.

– Wir waren vier oder fünf Meter von dem Loch entfernt. Ich bin nur noch dem Licht gefolgt. Habe sie festgehalten. Ich weiß nicht wie, aber irgendwie habe ich es geschafft, nach oben zu klettern und sie aus dem Wasser zu ziehen.

– War sie bei Bewusstsein?

– Ich habe sie geschüttelt und sie angeschrien. Ich dachte, sie erfriert. Ich musste sie ins Warme bringen, habe ihr meine Jacke gegeben. Ich habe laut um Hilfe gerufen, sie gezwungen, neben mir herzulaufen. Ich war panisch. Doch dann war da dieses Haus. Licht brannte. Aus dem Kamin kam Rauch.

– Die Leute dort haben euch geholfen?

– Sie waren sehr freundlich, haben uns trockene Sachen und Decken gegeben. Wenn niemand zuhause gewesen wäre, wären wir wahrscheinlich beide an einer Lungenentzündung gestorben.

– Ihr habt nicht die Rettung gerufen?

– Nein, das wollte sie nicht.

– Warum nicht?

– Ich habe nur getan, worum sie mich gebeten hat. Dass ich zu niemandem etwas sagen soll, hat sie gesagt. Dass sie nicht nach Hause möchte. Ich habe es nicht verstanden. Ich habe einfach gemacht, was sie von mir verlangt hat.

– Das ist hardcore, Gottlieb.

– Ich weiß.

– Spannende Geschichte. Vielleicht sollten wir trotz dem eine kurze Pause machen.

– Bitte nicht auflegen jetzt.

– Nein, ich will nicht auflegen. Ich möchte nur kurz Luft holen. Was du hier auspackst, ist schwer zu verkraften. Vielleicht können wir ja kurz über etwas anderes reden. Geht das?

– Worüber denn?

– Sex vielleicht?

– Marie wollte sich umbringen, wir wären beinahe gestorben. Welcher normale Mensch denkt da an Sex? Was ist nur los mit dir?

– Deine Geschichte macht mich traurig, Gottlieb. Und ich will jetzt nicht traurig sein. Vielleicht sollten wir einfach ein bisschen Spaß haben. Ein paar Streicheleinheiten würden dir bestimmt guttun. Und mir auch.

– Es ist schwer für dich, das zu akzeptieren, oder?

– Was denn?

– Dass ich nur reden will. Dass du mich nicht dazu bringen wirst. So leid es mir tut, aber an mir beißt du dir die Zähne aus.

– Abwarten.

– Glaub mir, ich bin wirklich ein hoffnungsloser Fall. Aber es schmeichelt mir, dass du so beharrlich bist.

– Das ist mein Job, Gottlieb. Und, wie gesagt, ich bin gut darin.

– Du würdest diesen Job jetzt nicht mehr machen wollen, wenn du wüsstest, wie ich rieche.

– Bitte?

– Ich stinke.

– Was tust du?

– Ich habe schon lange nicht mehr geduscht.

– Nicht dein Ernst, oder?

– Doch, Marie. Die ganze Sache nimmt mich sehr mit, ich habe mich in den letzten Wochen ziemlich gehen lassen. Die Jogginghose, die ich anhabe, war schon seit Ewigkeiten nicht mehr in der Wäsche. Auch nicht das Unterhemd, das ich trage.

– Ach, komm schon, das ist doch nur eine faule Ausrede.

– *Faul* trifft es. Meine Mutter hätte es verwahrlost genannt. Keine vernünftige Frau würde sich im Moment freiwillig mit mir einlassen.

– Ich bin nicht vernünftig.

– Du bist aber auch leider nicht die, in die ich verliebt bin.

– Das könnte doch noch werden, oder? Die Sache mit dieser Lotto-Marie klingt tatsächlich etwas kompliziert. Vielleicht entscheidest du dich am Ende ja doch für die Sex-Marie.

– Du bist witzig.

– Und du bist ein großartiger Geschichtenerzähler. Ich mag das.

– Ich bin kein Geschichtenerzähler. Alles, worüber ich geredet habe, ist genau so passiert. Dieser Tag am See war ein Alptraum.

– Ich meinte nur, dass es wirklich beeindruckend ist,
dir zuzuhören. Wie du das alles beschreibst. Es ist
fast so, als wäre ich selbst dort gewesen. Ich kann
alles genau vor mir sehen. Und ich kann mir auch
vorstellen, was du durchgemacht hast.

– Das kannst du nicht.

– Warum nicht?

– Weil du keine Ahnung davon hast, wie es ist, wenn
jemand stirbt.

– Aber du.

– Ja.

– Du sprichst von deiner Mutter.

– Nicht nur von ihr. Viele andere sind gestorben in
den letzten Jahren. Zu viele, glaub mir. Einer nach
dem anderen hat aufgehört, da zu sein.

– Bist du ein Serienmörder, oder was?

– Nicht ganz.

– Was dann?

– Ich habe im Hospiz gearbeitet. Ich habe so viele Menschen verenden sehen, dass mir schlecht wird, wenn
ich daran denke. Da war überall nur Tod. Leid und
Tränen. Irgendwann waren die Betten leer, in denen
sie gelegen sind. Egal wie sehr ich mich bemüht
habe, sie am Leben zu halten. Sie sind gestorben.

– Es ist ganz schön dunkel in deiner Welt, Gottlieb.

– Ich weiß.

– Du bist also Krankenpfleger?

– Das war ich. Ich habe aufgehört, dort zu arbeiten. Hat mir nicht gutgetan.

– Und was machst du jetzt?

– Ist mir peinlich, darüber zu reden. Außerdem bist jetzt du an der Reihe, wieder etwas über dich zu erzählen. Es entsteht da sonst ein Ungleichgewicht, das unserer Beziehung schadet.

– Wir haben also eine Beziehung?

– Ja. Heute Nacht. Auf gewisse Weise.

– Ach, Gottlieb, wenn du wüsstest. Mein Leben ist uninteressant und langweilig im Vergleich zu deinem. Deshalb lass mich bitte wissen, wie es mit deiner Marie weiterging. Warst du wirklich so dämlich, ihr den Schein zu geben?

– Ich dachte, du brauchst eine Pause?

– Wenn ich die Wahl habe zwischen meiner und deiner Geschichte, entscheide ich mich gerne für deine. Und da ich annehme, dass wir den schlimmsten Teil der Geschichte bereits hinter uns haben, freue ich mich jetzt auf den romantischen Teil.

– Nein.

– Was meinst du?

– Entweder du erzählst mir jetzt endlich etwas über dich, oder ich lege auf und rufe dich nie wieder an.

– Ernsthaft?

– Ja.

– Ich habe damit aber keine guten Erfahrungen gemacht.

– Womit?

– Immer wenn ich über mich geredet habe, hat es in einer Katastrophe geendet. Die oberste Regel in meinem Job lautet, nichts über sich zu erzählen. Leider habe ich die Regel einige Male gebrochen. Und jedes Mal dafür bezahlt.

– Ich höre, Marie.

–

–

– Ich bin eigentlich Flugbegleiterin.

– Bist du nicht.

– Ich bin Psychotherapeutin.

– Schon eher, aber auch falsch.

– Ich bin querschnittsgelähmt. Frühpensioniert. Deshalb die Sache mit der Sexhotline. Es gibt mir das Gefühl, am Leben zu sein.

– Ganz falsch.

– Na gut. Ich bin arbeitslos.

– Und weiter?

– Davor war ich Zimmermädchen.

– Das klingt schon eher nach der Wahrheit.

– Ja. Aber diese Wahrheit wird dir nicht gefallen.

23:43

– Das ist nicht fair, Marie.

– Was ist nicht fair, Gottlieb?

– Schon wieder einfach aufzulegen.

– Ich habe nicht aufgelegt.

– Was denn sonst? Sobald ich Fragen stelle, würgst du mich ab. Das fühlt sich gar nicht gut an, wenn ich der Einzige bin, der sich hier nackt auszieht.

– Das war ich nicht. Nach einer gewissen Zeit werden die Gespräche automatisch unterbrochen. Auch wenn ich finde, dass der Zeitpunkt für eine kleine Pause nicht hätte besser sein können.

– Warum machen die das? Warum werden die Gespräche unterbrochen?

– Damit Leute wie du sich nicht arm reden. Der Anbieter, der diese Nummern vergibt, will die Männer da draußen vor bösen Mädchen wie mir beschützen.

– Vor bösen Zimmermädchen.

– Klingt nicht besonders aufregend, oder?

– Oh, doch. Das klingt wunderbar. Erzähl mir davon.

– Na dann, schnall dich an, Gottlieb. Die Wahrheit wird dir nämlich gleich um die Ohren fliegen.

– Bin bereit.

–

–

– Ich habe die Schule abgebrochen, habe nie etwas
gelernt, ich war einfach nur Putzfrau. Dann habe ich
in diesem Hotel angefangen. Über fünfzehn Jahre
lang war ich dort. Von mir aus hätte es immer so
weitergehen können. Die Bezahlung war gut, immer
wieder gab es ein ordentliches Trinkgeld, es war ein
sehr schönes Hotel. Die Kollegen waren in Ordnung,
auch der Chef. Es war gute Arbeit.

– Man erlebt doch bestimmt aufregende Dinge in so
einem Hotel, oder?

– Das stellst du dir aufregender vor, als es ist.

– In den Sachen der Gäste rumzustöbern, stelle ich
mir sehr unterhaltsam vor.

– Unterhaltsam ist das falsche Wort. Du hast keine
Vorstellung, was man da alles mitbekommt. Ich habe
die intimsten Geheimnisse erfahren, ohne dass ich
danach gefragt hätte. Beziehungsprobleme, Ehe-
bruch, Masturbation, Alkoholexzesse. Ich habe
gesehen, welche Kleider sie trugen, wie reich und
dekadent sie waren. Schmuck, Pelzmäntel, sie haben
Champagner für neunhundert Euro die Flasche
getrunken. Es gab verwüstete Hotelzimmer, Hoch-
stapler, Zechpreller, Milliardäre. Berühmte Leute

haben in dem Hotel übernachtet, und ich habe für sie sauber gemacht.

– Aber das klingt doch gut. Abwechslungsreich zumindest.

– Stimmt, ich war zufrieden. Wahrscheinlich würde ich immer noch dort arbeiten, wenn das nicht passiert wäre.

– Wenn *was* nicht passiert wäre?

– Du willst es wirklich wissen, oder?

– Unbedingt.

–

–

– Ich wurde vergewaltigt. Von einem Gast. Einem Belgier. Er dachte, ich wäre im Zimmerpreis inbegriffen.

– Das ist jetzt nicht wahr, oder?

– Doch, Gottlieb.

–

–

– Das will ich gar nicht hören.

– Du hast danach gefragt. Wir reden jetzt also über die schlimmsten fünf Minuten in meinem Leben. Über das geile Zimmermädchen, das vergewaltigt und anschließend hinausgeworfen wurde, weil ihr niemand geglaubt hat. Es hieß, dass ich es provoziert, dass ich freiwillig mit dem Gast Sex gehabt hätte. Sie entschuldigten sich bei dem Belgier für die Unannehmlichkeiten, und zu mir sagten sie, ich soll still sein, das Geld nehmen, das sie mir angeboten haben, und verschwinden.

– Du bist nicht zur Polizei gegangen?

– Nein. Auch nicht ins Krankenhaus. Ich bin nach Hause, habe mich in mein Bett verkrochen. Mich gehasst dafür, dass ich eine Frau bin. Dass ich so dumm war und nicht gleich verstanden habe, was dieser Drecksack von mir wollte. Weil ich mir nicht vorstellen konnte, dass jemand so etwas tun kann. Mit mir.

–

– Damit hast du nicht gerechnet, oder?

– Nein, Marie. Ich bin schockiert, dass du das erleben musstest. Tut mir wirklich sehr, sehr leid für dich.

– Du kannst dich entspannen, Gottlieb. Das ist schon lange her, ich bin mehr oder weniger darüber hinweg. Trotzdem ist diese Geschichte irgendwie schuld daran, dass ich jetzt zuhause sitze. Dass ich nicht mehr vor die Tür gegangen bin. Weil ich Angst hatte. Es hat sehr lange gedauert, bis sich alles wieder normalisiert hat.

– Ich weiß nicht, was ich sagen soll.

– Du musst gar nichts sagen. Ich habe mich wieder erholt. Und ich habe auch wieder begonnen, Geld zu verdienen. Von zuhause aus. Die Heimarbeit hat mir den Arsch gerettet.

– Heimarbeit?

– Ja. Ich erledige die Hausarbeit und telefoniere. Freie Zeiteinteilung, niemand sagt mir, was ich tun soll und was nicht. Ich bin die Chefin in meinem Unternehmen.

– Klingt großartig. Sollte ich vielleicht auch mal ausprobieren. Heimarbeit für Männer. Denkst du, dass es da einen Markt dafür gibt?

– Bestimmt. Es muss ja nicht Sex sein. Wir beide wissen ja, dass du dir damit einigermaßen schwer tust. Es gibt zahlreiche andere Dinge, die du von zuhause aus erledigen kannst. Recherchier mal im Internet, da gibt es Angebote ohne Ende, vieles durchaus seriös. Die Finger lassen solltest du nur von den Kulis.

– Den Kulis?

– Du hast doch bestimmt schon gehört von diesen Hausfrauen, die zuhause sitzen und Kugelschreiber zusammenbauen.

– Ich dachte immer, das sind nur Geschichten. Ich wusste nicht, dass es so etwas wirklich gibt. Handarbeit in Zeiten, in denen alles maschinell erledigt wird? Das kann sich doch nicht rechnen, oder?

– Rechnet sich auch nicht. Aber das wusste ich damals noch nicht.

– Du meinst, du hast das ausprobiert?

– Ja. Bevor ich mit dem Telefonieren angefangen habe. Nach der Sache im Hotel war nicht daran zu denken, dass ich jemals wieder etwas mit Sex zu tun haben werde. Aber es war ein großer Reinfall.

– Erzählst du mir davon?

– Ich war wirklich dämlich damals, an Blödheit nicht zu überbieten. Der Typ, der mich für die Kulis angeworben hat, hat mich vollgequatscht. Er hat mir das Blaue vom Himmel versprochen. Ich dachte wirklich, dass ich mit der Arbeit das große Geld machen könnte. Aber am Ende habe ich keinen einzigen Euro gesehen. Obwohl ich rekordverdächtige zehntausend Stück in vier Monaten zusammengeschraubt habe.

– Man hat dir die Einzelteile geliefert und du hast sie zusammengebaut, oder wie?

– Genau so war das. Je nach Modell sind es zwischen sechs und zwölf Einzelteile. Normalsterbliche verschrauben ungefähr tausendzweihundert Stück pro Monat, ich habe fast das Doppelte geschafft.

– Dann müsstest du doch eigentlich gut verdient haben.

– Ja, aber das Gegenteil war der Fall. Die Kaution, die ich für die Einzelteile hinterlegt hatte, habe ich nie wieder gesehen. *Nicht sachgemäß zusammengebaut*, hieß es. Diese Verbrecher haben zu Recht darauf vertraut, dass ich sie nicht verklagen werde. Ich habe genau so reagiert, wie sie es sich erwartet hatten. Eine dumme Kuh war ich, naiv und gutgläubig. Am Ende habe ich es verdient, dass mich diese Kulitypen über den Tisch gezogen haben. Und wahrscheinlich auch, dass mich dieser Spanier vergewaltigt hat.

– Ich dachte, es ist ein Belgier gewesen?

– Ist doch egal, aus welchem Land das Schwein gekommen ist. Es macht keinen Unterschied für mich,
glaub mir.

– Aber es macht einen Unterschied für mich. Wenn
das nämlich wirklich passiert wäre, würdest du
dich garantiert daran erinnern, aus welchem Land
er gekommen ist. Du könntest dich an jedes Wort
erinnern. Du wüsstest, ob es Belgisch war oder Spa-
nisch.

– Und was willst du mir damit sagen?

– Dass du gelogen hast.

– Habe ich das?

– Ja.

–

–

– Du bist ein kleiner Besserwisser, oder?

– Es ist offensichtlich, dass das mit dem spanischen
Belgier gelogen war.

– Und? Komme ich jetzt in die Hölle?

– Nein.

– Bekomme ich für den Rest des Monats nichts mehr
Süßes?

– Auch das nicht.

– Was dann?

– Ich möchte nur, dass du weißt, dass ich dich durchschaut habe. Du hast eindeutig zu dick aufgetragen.

– Meinetwegen. Das mit den Kulis stimmt, alles andere
habe ich erfunden. Ist mir ganz spontan in den Sinn
gekommen. Vielleicht wollte ich nur mit dir mithal-
ten, dir auch eine Geschichte erzählen, bei der dir
der Mund offen steht. Der Lottoschein, der zuge-
frorene See. Das ist schon ziemlich krass, Gottlieb.

– Ich weiß.

–

–

– Du kommst mir gar nicht moralisch?

– Nein.

– Du willst mir nicht erklären, dass man mit diesem
ernsten Thema keine Späße treiben darf? Dass andere Frauen wirklich vergewaltigt werden?

– Nein, das will ich nicht.

– Warum nicht? Ist doch nicht normal, so etwas zu
erfinden. Eigentlich müsstest du spätestens jetzt
davon ausgehen, dass mit mir etwas nicht stimmt.
Du müsstest den Kopf schütteln und auflegen.

– Nein. Ich werde erst auflegen, wenn ich auf die Toilette muss. Kurz kann ich es aber noch zurückhalten.

– Ich würde sagen, du bist mindestens so durchgeknallt wie ich.

– Kann sein.

– Musst du groß oder klein?

– Das hat mich schon lange keiner mehr gefragt.

– Ich könnte ja auf die Toilette mitkommen.

– Keine gute Idee. Außerdem ist es noch nicht dringend.

– Na dann. Erzähl weiter. Was ist passiert, nachdem
du Marie aus dem See gefischt hast?

– Vorher möchte ich dir noch etwas sagen.

– Nur zu.

– Ich bin froh, dass das mit dem Spanier nicht wirklich passiert ist.

– Belgier.

– Du weißt, was ich meine.

– Du sorgst dich um mich? Das ist ja reizend.

– Nein, ich sorge mich nicht um dich.

– Doch, das tust du. Genauso wie du dich um die
Lotto-Marie gesorgt hast. Es fühlt sich wirklich so
an, als wärst du ein heillos guter Mensch, Gottlieb.

– Täusch dich nicht.

– Ich kann es gerne noch mal für dich zusammenfassen. Punkt eins, du hast in einem Hospiz gearbei-

tet und dich um sterbende Menschen gekümmert.
Punkt zwei, du hast zweieinhalb Millionen Euro
gefunden und wolltest sie zurückgeben. Punkt drei,
du verbringst freiwillig deine Zeit mit einer Ver-
rückten, obwohl du glücklich verliebt bist. Punkt
vier, du zahlst auch noch dafür.

– Vielleicht brauche ich ja nur deine Hilfe. Deinen
Rat.

– Und ich bin für dich da. Die ganze Nacht lang, wenn
du willst, Gottlieb.

–

–

– Was Frauen betrifft, hatte ich noch nie ein gutes
Händchen.

– Und woran liegt das?

– Ich habe nicht den Mut, zu sagen, was ich mir denke.
Was ich fühle. Ich rede gerne um den heißen Brei
herum. Komme nicht zum Punkt. Verliere mich in
Geschichten.

– Aber das ist doch gut. Ich mag das. Von mir aus
kannst du gerne damit weitermachen.

– Ich hätte ehrlich sein müssen.

– Zu mir? Oder zu deiner Marie?

– Ich hätte ihr den Lottoschein sofort geben müssen.
Gleich an dem Tag, an dem sie in den See gesprun-
gen ist. Nachdem ich sie mit zu mir genommen habe.
Ich hätte es ihr sagen müssen.

– Du hast sie mit zu dir nach Hause genommen?

– Ja. Nachdem unsere Sachen wieder trocken gewesen waren. Drei oder vier Stunden sind wir in dem
Häuschen am See geblieben, die Leute dort waren
so freundlich und hilfsbereit. Während der Wäsche-
trockner lief, haben sie uns Tee gekocht und uns
etwas zum Essen gemacht.

– Warum wollte Marie nicht nach Hause? Warum ist
sie mit zu dir?

– Das weiß ich nicht. Sie hat mich nur gebeten, sie in
Ruhe zu lassen, Polizei und Rettung nicht zu alar-
mieren. Völlig hilflos war sie, geschämt hat sie sich.

– Kann ich nachvollziehen.

– Wir haben kaum miteinander gesprochen, wir wussten beide nicht, was wir sagen sollten.

– Du hast ihr das mit dem Lottoschein also verschwiegen?

– Ja.

– Das beruhigt mich. Du hast dich verhalten wie ein
normaler Mensch und nicht wie ein Engel. Du hast

dieser Frau das Leben gerettet. Das muss doch reichen, oder? Du hast ihr ein unbezahlbares Geschenk gemacht, sie kann froh sein, dass du da warst.

– Sie war aber nicht froh.

– Was denn dann?

– Sie war wütend. Sie wollte das Geschenk nicht, das ich ihr gemacht hatte. Dass ich keine Ahnung von ihrem Leben hätte, hat sie gesagt.

– Trotzdem ist sie nicht weggelaufen.

– Vielleicht war sie dankbar dafür, dass ich sie aus dem Wasser gezogen habe. Keine Ahnung, warum sie meine Nähe gesucht hat.

– Weil du ein guter Mensch bist, Gottlieb.

– Das hat sie anders gesehen. Sie hat mich gefragt, warum ich mich in ihr beschissenes Leben einmische. Warum ich sie nicht einfach in Ruhe lasse.

– Und was hast du gesagt?

– Dass ich es mir geschworen hätte, niemanden mehr sterben zu lassen. Nie wieder. Ich wollte das nie wieder erleben.

– Was meinst du?

– Ich wollte nicht mehr dabei sein, wenn das Leben aufhört. Wenn der Tod alles Gute verschluckt. Alle Wünsche, alle Hoffnung, alles, was schön ist.

– Ich wollte diese Stille nicht mehr ertragen müssen.
Wenn sie aufhören zu atmen, wenn sie für immer
verschwinden und nur noch der Körper bleibt. Und
die Angehörigen. Ich will nicht mehr sehen, wie
ihre Tränen fließen. Auf keinen Fall wollte ich das.
Deshalb bin ich bei ihr geblieben.

– Nur deshalb?

– Ja. Wenn ich sie allein gelassen hätte, hätte sie es
wieder versucht. Sie wäre wahrscheinlich wieder
hinaus auf den See, sie hätte sich vor einen Zug
geworfen, sich mit einem Messer die Arme aufgeschnitten.

– Das hätte sie nicht.

– Doch. Ich habe es in ihren Augen gesehen. Sie hatte
abgeschlossen, sie hing an nichts mehr, glaub mir.
Ich habe das viele Male gesehen im Hospiz. Ich weiß,
wie es ist, wenn jemand sterben will.

– Du hast sie also zu deinem privaten Hilfsprojekt
gemacht?

– Ich habe nur auf sie aufgepasst.

– Obwohl sie das gar nicht wollte.

– Mein Bauch hat gesagt, dass es richtig ist.

– Versteh mich nicht falsch, Gottlieb. Ich finde großartig, was du gemacht hast. Ich möchte es einfach
nur begreifen. Wie du tickst.

– Ich hatte ihr Geld.

– Und?

– Ich dachte mir, wenn ich dafür sorge, dass sie überlebt, muss ich es ihr nicht zurückgeben.

– Das macht Sinn. Klingt auf verquere Art und Weise
vernünftig.

– Ich dachte, dass ich es ihr schuldig bin. Weil ich
ihr alles verschwiegen habe. Den wirklichen Grund,
warum ich da war, als sie gesprungen ist. Warum ich
begonnen habe, mich um sie zu kümmern. Eigentlich habe ich sie von Beginn an belogen. Und das
war ein Fehler. Wenn ich noch einmal zurückkönnte,
würde ich ihr sofort die Wahrheit sagen.

– Hätte es etwas geändert an dem, was danach passiert ist?

– Sie hätte wahrscheinlich nicht versucht, sich umzubringen. Sie hätte einen Grund gehabt, weiterzule-
ben.

– Geld?

– Warum nicht? Sie hätte einen Neustart wagen können. Sorgenfrei, irgendwo anders auf der Welt. Sie

hätte Licht gesehen, wenn ich ehrlich gewesen wäre. So blieb es überall dunkel.

– Ich glaube nicht, dass Unmengen an Geld die Menschen glücklich macht, dass es etwas im Leben dieser Frau geändert hätte, wenn sie plötzlich Millionärin geworden wäre. Ein trauriger Mensch bleibt ein trauriger Mensch. Auch wenn er reich ist.

– Ist das so?

– Ja. Liebe und Glück kann man sich nicht kaufen, Gottlieb.

– Das sagst du. Obwohl du jeden Tag mit unzähligen Männern telefonierst, die genau das wollen.

– Aber nicht doch. Hier am Telefon geht es doch nicht um Liebe. Hier geht es um Sex. Ich kann dir das gerne noch einmal ganz in Ruhe erklären, wenn du willst.

–

– Hörst du, Gottlieb?

– Fängst du jetzt schon wieder damit an?

– Womit denn?

– Mit dem Wollfaden auf deiner Muschi.

– Versuchen muss ich es ja, oder? Ich bin nämlich ehrgeizig. Ich glaube ganz fest daran, dass wir beide am Ende glücklich miteinander werden.

– Du bist wirklich entzückend, Marie. Trotzdem muss ich jetzt aufs Klo. Ich kann es nicht mehr zurückhalten. Kurze Auszeit, einverstanden?

– Aber du rufst wieder an?

– Vielleicht. Vielleicht auch nicht.

00:47

– Bin wieder da.

– Du hast Glück, dass du mich noch erwischst, ich wollte gerade schlafen gehen.

– Ich weiß, Marie.

– Was weißt du?

– Dass ich Glück habe. Zuerst der Lottoschein und jetzt du.

– Du schmeichelst mir.

– Ja.

– Und ich dachte schon, dass unser kleines Abenteuer zu Ende ist, Gottlieb.

– Warum denn das?

– Weil du mich über eine halbe Stunde hast warten lassen. Kannst du mir bitte verraten, was da so lange gedauert hat?

– Das wird mein Geheimnis bleiben, aber ich kann dir sagen, dass ich sehr erleichtert bin.

– Das freut mich für dich.

–

–

– Weißt du, was ich mich gefragt habe, Marie?

– Was denn?

– Ich habe mich gefragt, wo du wohnst. Wie weit du von mir weg bist. Fünfhundert Kilometer? Oder nur fünfzig? Ich habe mir vorgestellt, wie es wäre, wenn wir uns jetzt einfach in irgendeiner Bar treffen würden. Du und ich an einem Tisch. Jetzt.

– Vergiss es. Ich treffe keine Kunden. Ist mir viel zu gefährlich. Es könnte sich ja herausstellen, dass du ein Psychopath bist. Ich möchte verhindern, dass du mich verschleppst und in einen Keller sperrst. Diese Nacht könnte blutig enden, wenn ich dir verrate, wo ich lebe. Und das sage ich nicht nur, weil ich meine Tage habe.

– Du erzählst mir, dass du deine Tage hast?

– Und du hast mir gerade gesagt, dass du am Klo warst. Also kann ich dir auch verraten, dass die rote Lola bei mir zu Gast ist. Ich bin ein paar Tage im Erdbeerland, surfe auf der roten Welle.

– Ich muss schon wieder lachen, Marie. Wenn du mich jetzt sehen könntest, hättest du deine Freude. Meine Mundwinkel zeigen nach ganz oben. Schön ist das mit dir.

– Es ist mir wichtig, dass du etwas geboten bekommst für dein Geld. Wenn du schon keinen Sex willst, sollst du dich wenigstens gut unterhalten. Kundenzufriedenheit steht an oberster Stelle.

– Klingt sehr professionell.

– Ist es auch. Vielleicht entschließt du dich ja, Stamm-
kunde zu werden. Hat viele Vorteile. Wir müssen
nicht immer von vorne anfangen, sind uns vertraut.
Wir lernen uns besser kennen. Und Wein können
wir auch so miteinander trinken. Dazu müssen wir
uns nicht treffen.

– Du bist sehr geschäftstüchtig.

– Geht so.

– Dein Laden muss ja ganz ordentlich brummen, wenn
du dich immer so ins Zeug legst.

– Gar nichts brummt. Die Sache mit den Kameras
macht mir zu schaffen. Mittlerweile will jeder sehen,
mit wem er es zu tun hat. Niemand will sich mehr
anstrengen, sich etwas vorstellen. So verdammt fan-
tasielos ist alles geworden. Da kann man sich doch
gleich einen Porno anschauen.

– Du redest von den Webcams, oder?

– Ja. Telefonnummern wie meine wird es wohl nicht
mehr lange geben. Stimme allein reicht nicht mehr,
heute muss man sich vor der Kamera ausziehen, du
musst dich räkeln und winden, du musst wirklich
Hand anlegen. Da ist nichts mehr mit Stricken, Gott-

lieb. Die Zeiten sind hart geworden. Früher habe ich bis zu siebzig Orgasmen am Tag vorgetäuscht, heute sind es an Spitzentagen vielleicht fünfzehn.

– Das tut mir sehr leid für dich.

– Durchschnittlich vier Minuten dauert ein Anruf, dann kannst du dir ausrechnen, was da am Ende des Monats herauskommt. Wenn es nicht immer wieder mal solche Plaudertaschen wie dich gäbe, könnte ich den Job an den Nagel hängen.

– Wie lange machst du das denn schon?

– So lange, dass ich dir sagen kann, dass die guten Zeiten schon lange vorbei sind. Ich werde alt, glaub mir.

– Wie alt bist du denn?

– Fünfundzwanzig.

– Glaubst du doch selbst nicht.

– Das Grandiose an meinem Beruf ist, dass man nicht altert. Seitdem ich damit angefangen habe, mich am Telefon auszuziehen, bin ich fünfundzwanzig. Ich bleibe für immer jung und knackig, das ist doch großartig, oder?

– Das ist es. Trotzdem stelle ich mir gerade vor, wie du aussiehst.

– Und?

– Ich bin begeistert.

– Was denkst du, wie alt ich wirklich bin?

– Ende vierzig? Anfang fünfzig?

– Spinnst du? Das kannst du doch einer Frau nicht einfach so an den Kopf werfen. Egal ob du recht hast oder nicht, so etwas sagt man nicht.

– Aber du hast mich doch danach gefragt.

– Bei dir sind Hopfen und Malz verloren. Wundert mich gar nicht, dass es nicht geklappt hat mit deiner Marie. Wahrscheinlich hast du ihr auch ein paar Komplimente in dieser Liga gemacht und sie ist davongerannt.

– Sie ist nicht davongerannt.

– Verzeih, ich vergaß. Du bist ja ihr Lebensretter, du hast auf sie aufgepasst, hast verhindert, dass sie sich umbringt, sie hat sich in deine Obhut begeben.

– Aus irgendeinem Grund war das so, ja. Ich weiß auch nicht, warum das alles so gekommen ist. Warum ich sie nicht ins Krankenhaus gebracht habe, warum sie am Ende in meinem Kinderzimmer eingeschlafen ist.

– Hast du *Kinderzimmer* gesagt?

– Ja. Es sieht immer noch so aus wie damals in den Achtzigern. Nur Kleinigkeiten haben sich verändert.

Bilder an den Wänden, ein neuer Teppich, die Vorhänge, eine neue Matratze. Alles andere ist gleich
geblieben. Seit ich ein kleines Kind war, wache ich
in demselben Bett auf.

– Nicht dein Ernst, oder?

– Doch.

– Du wohnst noch bei deinen Eltern?

– Nicht mehr. Mein Vater ist schon vor langer Zeit
gestorben. Und meine Mutter vor Kurzem. Ich bin
jetzt allein in der Wohnung.

– Zahlt sich nicht aus, hast du dir gedacht, oder? Ausziehen mit achtzehn. Irgendwann sterben die ja,
dann habe ich die Wohnung ohnehin für mich allein.
Musst du nicht umziehen. Das ist spooky, Gottlieb.

– Es hat sich nie anders ergeben. Ich bin zur Arbeit
und wieder nach Hause. Mutter hat gekocht. Und
Mutter wurde krank. Ich habe sie gepflegt, bis sie
gestorben ist.

– Na dann, Prost. Ich habe mir jetzt eine Flasche Wein
aufgemacht. Du wolltest doch etwas mit mir trinken. Außerdem befürchte ich, dass ich das sonst
nicht durchstehe.

– Einverstanden. Ich trinke auch ein Glas. Wir können anstoßen.

– Worauf denn?

– Auf die Liebe.

– Darauf trinke ich schon lange nicht mehr, Gottlieb. Mit dem Thema bin ich durch. Liebe ist etwas für Romantiker. Für liebenswerte Dummköpfe wie dich.

– Warum bin ich ein Dummkopf?

– Weil du tatsächlich naiv genug warst, zu glauben, dass die Selbstmörderin in deinem Kinderzimmer eine Prinzessin ist. Dass sie dich glücklich macht. Vertrau mir, wenn etwas so beginnt, dann kann nichts daraus werden. Lass dir das von einer erfahrenen Frau sagen.

– Einer erfahrenen Frau, die alleine lebt, weil sie nicht mutig genug ist, an die Liebe zu glauben.

– Wer sagt, dass ich alleine lebe?

– Ich würde darauf wetten.

– Und wer sagt, dass ich nicht mutig bin?

– Ich.

– Und wie kommst du darauf?

– Ich glaube, dass du feige bist. Dass du Angst vor der Liebe hast und deshalb so redest. Weil sie Kraft kostet und manchmal auch wehtut. Du willst das vermeiden, oder? Du versteckst dich lieber hinter deinem Telefon und tust so, als würde dich das alles nichts mehr angehen. Du bist wahrscheinlich ein paarmal enttäuscht worden, und hast deshalb für immer aufgegeben.

– Machst du jetzt einen auf Sigmund Freud, oder was?

– Ich sage nur, was ich denke.

– Und das ist gut so. Weißt du auch, warum? Weil du recht hast. Ich bin nicht mutig genug für die Liebe. Ich höre mir lieber deine Liebesgeschichte an, als selber eine zu schreiben. Ich bin in Sicherheit, lehne mich zurück und betrinke mich mit billigem Rotwein. Das ist alles, was ich will. Mehr brauche ich auch nicht.

– Das glaube ich dir nicht. Du hast genauso Träume wie ich.

– Und welche Träume sollen das sein?

– Gemocht zu werden. Berührt zu werden. Mit jemandem zusammen zu sein. Verreisen, schöne Dinge teilen. Geborgen zu sein und vertraut.

– Das klingt alles sehr zauberhaft. Aber wer hat das schon? Vom Träumen wird man nicht satt.

– Vielleicht ja doch.

– Lass uns realistisch sein, Gottlieb. Für uns beide ist der Zug abgefahren. Nicht umsonst telefonieren wir schon seit Stunden miteinander. Da ist niemand sonst, mit dem wir Zeit verbringen könnten.

–

–

– Marie?

– Ja?

– Hattest du nie den Wunsch, neu anzufangen? Irgendwo am anderen Ende der Welt. Ohne Vorgeschichte. Einfach die Beine hochzulegen und sich um nichts mehr Sorgen machen zu müssen.

– In meinem Alter soll man nicht mehr an Wunder glauben.

– Vielleicht ja doch.

–

–

– Erzähl mir lieber von deinen Abenteuern im Kinderzimmer. Lenk mich ab von meinem langweiligen Leben, schwärme mir vor von der Liebe. Wie seid ihr zusammengekommen? Wann hat es gefunkt?

– Vielleicht habe ich mich in dem Moment schon in sie verliebt, als ich sie daliegen gesehen habe. Plötzlich diese fremde Frau in meinem Bett. Sie hat die Augen zugemacht und ist eingeschlafen. Und plötzlich hat sich alles gedreht in mir. Ich konnte nichts dagegen tun.

– Wahrscheinlich seid ihr übereinander hergefallen, als sie wieder aufgewacht ist, hab ich recht? Du hast ihr gesagt, wie wunderbar du sie findest, und sie hat sich dir hingegeben. Es kam zur großen Liebesszene, das Drama zum Höhepunkt. Gottlieb und Marie haben miteinander geschlafen, sich Liebesschwüre zugeflüstert, Marie hat geweint und Gottlieb hat sie getröstet. So war es doch, oder?

– Nein, so war es nicht.

– Wie war es dann?

– Sie hat mir nur eine Frage gestellt.

– Welche?

– *Was ist so toll an diesem Scheißleben?*

– Das frag ich mich auch manchmal.

– Ich habe ihr Gründe aufgezählt, warum sie hierbleiben soll, viele Gründe. Ich habe einfach drauflos geredet. Ich wollte, dass sie aufhört darüber nachzudenken, wie sie sich umbringen kann.

– Woher willst du wissen, dass sie darüber nachgedacht hat?

– Weil sie sich in der Wohnung umgesehen hat, während ich geredet habe.

– Und?

– Sie hat nach einem Gegenstand gesucht, mit dem sie es tun kann. Ein Messer, eine Rasierklinge im Badezimmer, Tabletten. Am Ende hat sie ein Fenster aufgemacht. Sie wollte springen.

– Das wollte sie nicht.

– Doch. Im letzten Moment habe ich sie noch gepackt und wieder zurück in die Wohnung gezogen. Ganz schnell ging alles.

– Ich beneide dich wirklich um nichts, Gottlieb. Das Ganze wird ja immer düsterer und aussichtsloser. Ich frage mich langsam, ob das wirklich eine Liebesgeschichte ist, die du mir da erzählst.

–

– Bist du noch da, Gottlieb?

– Wofür andere alles gegeben hätten, wollte sie wegwerfen.

– Aber das ist doch ihr gutes Recht, oder? Das ist ganz alleine ihre Entscheidung, ob sie leben will oder sterben. Das liegt leider nicht in deiner Hand, Gottlieb.

– Mag schon sein. Trotzdem habe ich sie an dem Stuhl festgebunden.

– Du hast was gemacht?

– Ich habe sie mit Klebeband an einem Stuhl festgebunden. Ich hatte keine andere Wahl. Ich wollte
nicht, dass sie es noch einmal versucht. Ich musste
Zeit gewinnen, sie davon überzeugen, darüber nachzudenken. Ich wollte, dass sie mir zuhört.

– So läuft das also bei dir.

– Wie?

– Entweder du bezahlst Frauen dafür, dass sie dir
zuhören, oder du bindest sie an einem Stuhl fest. Du
überraschst mich wirklich von Minute zu Minute
mehr, Gottlieb. Ich muss zugeben, ich bin beein-
druckt.

– Das freut mich.

– Ich wusste ja, dass du ein bisschen schräg bist, aber
ich wusste nicht, in welchem Ausmaß. Du bist amüsant, Gottlieb. Und tiefgründig. Ein Menschenfreund.
Ein Sterbebegleiter, der keiner mehr sein will. Ein
Dieb, der Leben retten will, damit er seine Beute
nicht zurückgeben muss. Irre Kombi.

– Sie hat sich nicht gewehrt. Es war fast so, als wäre
sie dankbar dafür, dass ich sie festgebunden habe.

– Das wird ja immer besser. Sie war also dankbar?

– Zumindest später war sie es. Glaube ich zumindest.

– Du bist wirklich entzückend, Gottlieb.

– Deshalb musst du mich aber nicht auslachen.

– Ich lache doch nicht.

– Doch, du lachst. Und wenn ich dieses Lachen richtig deute, glaubst du mir kein Wort von dem, was ich sage.

– Natürlich glaube ich dir. Auch wenn das zugegebenermaßen alles ziemlich ungewöhnlich klingt. In all den Jahren hat mir keiner je so was Spektakuläres erzählt. Da war schon viel verrücktes Zeug dabei, aber was du hier auffährst, schlägt alles.

– Es ist sehr komplex, Marie.

– Bestimmt ist es das.

– Die Dinge hängen alle irgendwie zusammen.

–

– Es ist kein Zufall, dass wir miteinander telefonieren.

– Sondern?

– Ich muss dir etwas sagen, Marie.

– Alles, was du willst, Gottlieb.

–

–

– Marie hat mir deine Nummer gegeben.

– Was redest du da?

– Das Inserat.

– Was ist mit dem Inserat?

– Ich habe es von ihr bekommen. Sie wollte, dass ich dich anrufe. Sie hat mir gesagt, dass sie mich nicht glücklich machen kann, aber sie war überzeugt davon, dass die Frau auf dem Foto es kann.

– Na dann ist ja alles klar.

– Was ist klar?

– So wie es aussieht, wollte dich deine Marie loswerden.

– Nein, das wollte sie nicht. Sie wollte nur, dass es mir gutgeht.

– Und deshalb gibt sie dir die Nummer einer Sexhotline? Wahnsinnig gut kann sie es nicht mit dir gemeint haben.

– Sie sagte, dass sie dich kennt.

– Das ist nicht lustig, Gottlieb.

– Ich weiß. Trotzdem hat sie es gesagt.

– Das ist völliger Blödsinn. Du musst dich täuschen. Das kann nicht sein.

– Ich weiß nicht, was dahintersteckt, ehrlich. Sie hat mir die Nummer gegeben und mir alles Gute gewünscht.

– Ich kenne keine Marie. Und ich kenne auch niemanden, der sich umbringen will. Keine, die es schon mal versucht hat, und keine, die verrückt genug ist, in einen gefrorenen See zu springen. Deine gute Marie hat dich wohl verarscht.

– Hat sie nicht.

– Und warum bist du dir da so sicher, Gottlieb?

– Weil sie das mit den Kulis wusste.

– Was sagst du da?

– Sie wusste, dass du das gemacht hast. Dass du Kulis zusammengebaut hast.

– Kann nicht sein, Gottlieb.

– Doch, Marie.

– Und woher sollte sie das wissen?

– Ich habe keine Ahnung.

–

–

– Ich denke, ich brauche eine Pause, Gottlieb.

– Aber warum denn?

– Weil ich nachdenken muss.

– Und wann soll ich dich wieder anrufen?

– Vielleicht ist es am besten, wenn du gar nicht mehr anrufst.

02:20

– Was soll das, Gottlieb?

– Was meinst du?

– Ich warte seit über einer Stunde darauf, dass du dich wieder meldest.

– Aber du sagtest doch, dass es besser wäre, wenn ich nicht mehr anrufe.

– Das habe ich doch nicht so gemeint. Ich bin nur kurz erschrocken. Dachte, dass du vielleicht einer dieser Stalker bist, der mich verfolgt, mir auflauert, mir irgendwelchen Mist auftischt.

– Und das denkst du jetzt nicht mehr?

– Nein.

– Warum nicht?

– Weil ich nachgedacht habe. Und weil es ja durchaus sein kann, was du sagst. Dass mich deine Marie kennt. Von früher vielleicht. Da muss ja keine böse Absicht dahinterstecken.

– Das ist gut, dass du das sagst.

– Und deshalb möchte ich auch herausfinden, ob die Dinge wirklich zusammenhängen. Ob es tatsächlich Schicksal ist, dass wir diese Nacht miteinander verbringen. Wenn das also für dich in Ordnung ist, könntest du einfach weitererzählen.

– Bist du nicht müde?

– Nein. Ich bin es gewöhnt, nachts zu arbeiten.

– Ich auch.

– Ich dachte, du arbeitest nicht mehr im Hospiz?

– Es gibt noch andere Jobs, die man in der Nacht machen kann.

– Und heute hast du frei?

– Ich habe mich krankgemeldet, ich wollte unser Gespräch auf keinen Fall unterbrechen.

– Du machst blau für mich, wie süß.

– Für uns, Marie. In dieser Phase unserer Beziehung ist es wichtig, dass wir uns nicht aus den Augen verlieren.

– Du bist ein Kindskopf.

– Schön, dass du dich amüsierst.

– Darauf sollten wir noch ein Glas trinken, was meinst du?

– Bin dabei.

– Zum Wohl, Gottlieb.

– Zum Wohl, Marie.

–

– Strickst du eigentlich noch?

– Selbstverständlich. Sonst wird das Ding ja nie fertig.

– Was wird es denn?

– Ein Pullover.

– Den hätte ich gebraucht damals, als Marie und ich
Hals über Kopf aufgebrochen sind.

– Du erzählst also weiter. Gut.

– Wir hatten nur die Klamotten dabei, die wir trugen,
keine ordentlichen Winterjacken.

– Du hast sie also wieder losgebunden?

– Ja. Sie hat mir versprochen, dass sie es nicht wieder versuchen wird.

– Und du hast ihr geglaubt?

– Nein. Deshalb habe ich sie ja begleitet.

– Warum hast du sie nicht in die Psychiatrie gebracht?

– Ich habe es ihr vorgeschlagen. Dass es das Beste
für sie sei, habe ich gesagt. Dass man ihr dort helfen könne. Aber sie hat mir nur den Vogel gezeigt.

– Du hättest trotzdem Hilfe holen müssen.

– Mir ist klar, dass das ein Fehler war. Aber ich hätte
es nicht übers Herz gebracht. Wahrscheinlich hätte
man sie wochenlang weggesperrt, man hätte sie
sediert und ans Bett gefesselt.

– Ein Bett ist besser als ein Stuhl, findest du nicht
auch?

– Jeder kann tun und lassen, was er will, hast du gesagt.

– Solange er keinen anderen mit in den Abgrund zieht.

– Das hat sie doch nicht.

– Sicher nicht? Klingt so, als hätte dir diese Frau ganz
schön zugesetzt. So wie es für mich aussieht, hat dir
Marie von Anfang an nicht die Wahrheit gesagt. Sie
hat dich da einfach mit hineingezogen, du hast dein
Leben für sie riskiert. Was spielt da dieser lächer-
liche kleine Lottoschein noch für eine Rolle? Gar
keine. Sie hat dich mit ihrer egoistischen Selbst-
mordnummer traumatisiert, sie hat nicht nur sich
selbst in Gefahr gebracht, sondern auch dich.

– Danke, Marie.

– Wofür denn jetzt schon wieder?

– Dass du Partei für mich ergreifst.

– Gern geschehen. Aber du bezahlst mich ja auch
dafür, Gottlieb. Eigentlich mache ich nur meinen
Job.

– Eigentlich?

– Ja.

– Und uneigentlich?

– Mache ich diesen Job heute Nacht sehr gerne.

– Das freut mich.

–

–

– Weitererzählen.

– Ich habe sie losgebunden. Wir sind hinunter auf die Straße. Eine halbe Stunde lang sind wir nur so herumspaziert. Ich hinter ihr her, wie ein Leibwächter kam ich mir vor. Völlig absurd war das alles. Ob ich schon einmal etwas wirklich Verrücktes gemacht hätte, hat sie mich gefragt. Ich habe *Nein* gesagt. Und sie hat gelacht. Dass ich ein Heuchler sei, hat sie gesagt. Und dass man nur wirklich lebt, wenn man nichts mehr zu verlieren hat.

– Das ist doch Schwachsinn. Hat sie wahrscheinlich in irgendeiner dieser dämlichen Frauenzeitschriften gelesen. Oder es war ein Spruch von einem Wandkalender. Auf alle Fälle ist das fahrlässiger Mist.

– Das Problem war nicht, was sie gesagt hat, sondern was sie gemacht hat. Auf diesem Parkplatz vor dem Einkaufszentrum hat sie begonnen, die Autos zu checken. Sie ist von Wagen zu Wagen gegangen und hat nachgesehen, ob eine Türe unversperrt ist, ob irgendwo ein Schlüssel steckt. Ich habe ihr gesagt, dass sie damit aufhören soll. Aber sie hat weitergemacht.

– Du hast ein Auto gestohlen?

– Ein Wohnmobil, ja.

– Echt jetzt?

– Was hätte ich denn machen sollen? Hätte ich sie alleine losfahren lassen sollen? Sie wäre an den nächsten Baum gefahren, wenn ich nicht eingestiegen wäre. Ich wäre als Millionär an ihrem Grab gestanden und hätte mich ziemlich sicher dafür gehasst.

– Welcher Idiot sperrt seinen Wagen nicht ab und lässt den Schlüssel stecken? Das ist doch völlig bescheuert.

– Das habe ich mir auch gedacht. Und ich habe den Typ dafür verflucht, dass er so nachlässig war. Es wäre nichts passiert, wenn er abgeschlossen hätte. Wir hätten uns nicht strafbar gemacht.

– Man hat euch erwischt? Verfolgt und verhaftet?

– Nein, nichts von alledem. Marie hatte alles im Griff. Ich weiß nicht, warum sie so abgebrüht war, aber sie war es. Sie ist nach ein paar Kilometern noch einmal stehen geblieben und hat die Kennzeichen von einem anderen Auto abmontiert. Es war wie im Film, sie hat keine Sekunde gezögert, sie wusste genau, was zu tun war. Sie hat die alten Kennzeichen in den Müll geworfen, die neuen montiert, dann sind wir weitergefahren. So als wäre es unser Wohnmobil. Als wäre alles in bester Ordnung.

– Wohin ging die Reise?

– Es war keine Reise. Es war mehr eine Flucht. Ein Akt der Verzweiflung. Eine Übersprungshandlung. Wir haben in dem Moment wahrscheinlich beide nicht gewusst, was wir da eigentlich machen.

– Wohin ihr gefahren seid, wollte ich wissen.

– Richtung Italien.

– Venedig?

– Ich nehme an, dass sie dorthin wollte, ja. Aber ich habe sie nicht danach gefragt. Weil wir ohnehin nie dort angekommen wären.

– Warum nicht? Habt ihr auf dem Weg noch eine Tankstelle überfallen?

– Das wäre ihr zuzutrauen gewesen. Sie war so unberechenbar, alles war ihr egal. Jemand, der sterben will, hat keine Angst mehr davor, bestraft zu werden.

– Klingt gefährlich.

– War es auch. Kurz habe ich mir sogar ausgemalt, dass sie uns beide umbringt. Dass sie mit dem Wohnmobil die Leitplanken durchbricht und wir für immer in einer Schlucht verschwinden. Marie war wie unter Strom. Sie ist über die Autobahn gedonnert und hat gegrinst. Ich habe versucht, sie zu überreden stehenzubleiben und umzudrehen, aber ich hatte keine Chance. *Ich will Spaß haben*, hat sie gesagt. *Lass uns das Leben genießen.* Sie hat das Radio angemacht und laut aufgedreht. Irgendein Rapper hat immer wieder *Fuck* gesagt. Wie recht er hat, habe ich mir gedacht.

– Klingt nach einem coolen Roadmovie.

– Unter anderen Voraussetzungen wäre es das vielleicht gewesen. So war es die Hölle für mich. Ich hatte keine Kontrolle mehr über die Dinge. Das alles war schwer zu ertragen. Dass sie alles bestimmt hat. Die Richtung vorgegeben hat.

–

–

– Hat sie dir irgendetwas über sich erzählt?

– Ja. Aber sie hat mich angelogen. Jedes Wort, das sie gesagt hat, war erfunden.

– Was hat sie erfunden?

– Das mit dem Krebs.

– Krebs?

– Sie hat gesagt, dass sie nicht mehr lange zu leben hätte, dass ich mir keine Mühe mehr machen müsse, ihr Leben zu retten, weil sie ohnehin bald tot sein würde. *Du kannst es nicht aufhalten*, hat sie gesagt und mich gebeten auszusteigen. Sie wollte ohne mich weiterfahren.

– Warum warst du dir so sicher, dass sie lügt?

– Ich habe sie gefragt, welcher Krebs es ist, der sie auffrisst. Wie lange sie ihn schon hat. Ob sie Schmerzen hat, welche Mittel sie nimmt.

– Du hast sie durchschaut. Im Hospiz hast du viele Krebspatienten gepflegt, du kanntest die Symptome, du wusstest, dass sie dich anlügt.

– Ja.

– Hast du es ihr gesagt? Dass du Bescheid weißt?

– Nein.

– Warum nicht?

– Weil sie völlig hilflos war. Ich denke, sie hat das alles nur gesagt, weil sie irgendwie rechtfertigen wollte, was sie getan hat. Die Sache am See. Der verzweifelte Versuch, aus meinem Fenster zu springen. Es war ihr unangenehm, sie hat mit Gewalt nach einem Grund gesucht, der ihr half zu rechtfertigen, was sie gemacht hat.

– Und der naheliegendste Grund war Krebs?

– Offenbar. Sie konnte wahrscheinlich genauso wenig klar denken wie ich. Auf der einen Seite war ich entsetzt über das, was passiert ist, auf der anderen Seite war ich fasziniert davon. Sie hat mich mitgerissen, aus meiner Lethargie heraus. Es hat sich so angefühlt, als hätte sie auf einen Knopf gedrückt, den vorher noch nie jemand gedrückt hat.

– Einen Knopf?

– Ja. Sie hat etwas zum Leuchten gebracht in mir.

– Tut mir leid, Gottlieb. Aber das ist mir zu kitschig.

–

–

– Ich wollte dir nur sagen, dass ich mich verliebt habe.

– Ach, komm schon. Du warst traumatisiert, völlig neben der Spur, passiert ja schließlich nicht alle Tage, dass jemand versucht, sich vor einem umzubringen. Du sagtest, dass du nicht mehr klar denken konntest, wahrscheinlich hast du dir erfolgreich eingeredet, dass das etwas mit Liebe zu tun hat.

– Du hörst dich an, als wärst du eifersüchtig, Marie.

– Eifersüchtig? Ich?

– Ja.

– Das hättest du wohl gerne. Die Wirklichkeit ist leider nicht so romantisch. Ich darf dich also gerne noch mal daran erinnern, dass das hier eine Sexhotline ist. Ich arbeite, und du amüsierst dich, ich bin freundlich zu dir, aber ich nehme Geld dafür. Du bist der Träumer von uns beiden, ich die Realistin. Du bist der Romantiker, der an Wunder glaubt, ich die Frau, die auch dann noch schwarzmalt, wenn es Konfetti regnet.

– Ist das so?

– Meistens ja. Und deswegen muss ich dich zurück auf den Teppich der Tatsachen holen. Deine Lotto-Marie scheint ordentlich einen an der Waffel zu haben. Sie hat deinen Hormonhaushalt völlig durcheinander gebracht, und jetzt irrst du planlos umher und suchst Halt bei mir.

– Ich suche keinen Halt.

– Und ich bin nicht eifersüchtig.

– Es macht dir also nichts aus, wenn ich dir erzähle, wie wir uns das erste Mal geküsst haben?

– Nein.

– Es macht dir nichts aus zu hören, dass ich mit Marie geschlafen habe?

– Berührt mich nicht. Ich bin ein Profi, Gottlieb.

–

–

– Ich erinnere mich sehr gerne daran, Marie.

– Schön für dich.

– Es war vielleicht das Wundervollste, was ich in meinem Leben erlebt habe. Es war irgendwie magisch.

– Ihr habt es im Winter in einem Wohnmobil miteinander getrieben? Ihr müsst euch den Arsch abgefroren haben. Klingt für mich nicht unbedingt nach Magie.

– Es gab eine Standheizung in dem Wohnmobil.

– Es wird auch nicht magischer mit Standheizung. Sex irgendwo auf einem Parkplatz neben der Autobahn. So sehr ich mich darum bemühe, mir das vorzustellen, es kommt leider keine Erotik auf. Ich denke nur an die versiffte Bettwäsche fremder Leute, an verbeulte Knie und an Spaziergänger, die ans Fenster klopfen.

– In der ersten Nacht ist es auch noch nicht passiert. Nicht in dem Wohnmobil. Da haben wir nur geschlafen.

– Verstehe.

– Wir sind von der Autobahn abgefahren und haben am Waldrand geparkt. Sie war völlig erschöpft und ist friedlich und geborgen eingeschlafen.

– Im selben Bett?

– Nein. Ich saß daneben auf einem Stuhl.

– Und?

– Ich habe sie wieder nur angesehen. Habe auf ihre Lippen gestarrt, auf ihre Wangen, die Backenknochen. Alles an ihr war perfekt. Ihre Hände, die Finger, ihr Bauchnabel. Ihr Shirt war nach oben gerutscht.

– Es tut mir leid, Gottlieb, aber ich befürchte, dass mir das echt zu viel an Romantik ist. Ich spüre, dass sich da etwas rührt in mir. Ist vielleicht besser, wenn du jetzt bald zum Punkt kommst, sonst werde ich noch weich.

– Es war irgendwo in der Nähe der österreichischen Grenze. Es hat geschneit draußen. Die ganze Nacht lang. Als wir aufgewacht sind, war alles weiß. Es hat sich angefühlt, als wären wir im Himmel.

– Du solltest Liebesromane schreiben, Gottlieb.

– Ich weiß. Ist aber nicht so einfach, einen Verlag zu finden.

– Ernsthaft? Sagst du mir jetzt, dass du Schriftsteller bist?

– Nein, das bin ich nicht. Niemand interessiert sich für das, was ich mir ausdenke.

–

– Niemand außer dir, Marie.

– Ich bin mir sicher, dass es ein richtig großes Publikum für solche Geschichten gäbe. Ich weiß, wovon ich rede, ich bin eine Leseratte. Wenn ich nicht stricke, habe ich ein Buch in der Hand.

– Während du Orgasmen vortäuschst?

– Nein, aber davor und danach.

– Freut mich, dass du das sagst. Dass dir meine Geschichte gefällt, meine ich. Das Problem ist nur, dass ich mir das alles nicht ausgedacht habe.

– Wie auch immer, Gottlieb. Du fesselst mich. Also schreib das alles auf, vielleicht kannst du ja ein bisschen Geld damit verdienen. Die Menschen da draußen stehen auf aufregende Liebesgeschichten.

– Ich dachte, dass dir das zu kitschig ist?

– Ist es auch. Trotzdem glaube ich an dich.

– Nett, dass du mir das zutraust. Aber ich sage es dir gerne noch einmal. Ich bin kein Schriftsteller.

– Was bist du denn?

– Ich bin Nachthausmeister. Bei McDonald's.

– Echt jetzt?

– Seit eineinhalb Jahren mache ich das. Ich komme, wenn sie schließen, und gehe, wenn sie wieder aufsperren. Ich mache dort sauber.

– Kein Scherz?

– Nein.

– Du hast den Job im Hospiz gegen einen Putzjob eingetauscht?

– Ja, das habe ich. Und es war eine gute Entscheidung.

– Ich weiß, warum du das gemacht hast.

– Warum?

– Weil du mehr Zeit zum Schreiben haben wolltest, nicht wahr?

– Du bist hartnäckig. Liegst aber völlig falsch.

– Die Arbeit mit den Sterbenden hat dich so belastet, dass du keinen klaren Gedanken mehr fassen konntest. Du arbeitest im Moment an deinem neuen Buch, deshalb dieser Job. Der Held des Romans ist Nachthausmeister. Du recherchierst. Ist doch so?

– Nein, so ist es nicht. Ich bin so wenig Künstler wie du Zimmermädchen.

– Wahrscheinlich ist auch dieses ganze Gespräch hier nur Recherche.

– Wenn das so wäre, könnte ich es von der Steuer absetzen, oder?

– Ich meine es ernst.

– Und ich denke, dass du dich da ein bisschen verrennst. Ist aber durchaus amüsant und schmeichelhaft für mich.

– Vielleicht geht es in deinem Buch ja um eine Sexhotline? Ein Mann ruft an, und eine Frau hebt ab. Die beiden reden miteinander, anstatt Sex zu haben. Sie nähern sich einander an, erzählen sich Geschichten. So wie wir beide. Du sammelst Hintergrundwissen, willst ein Gespür für das alles bekommen. Ich habe einen Volltreffer gelandet, du bist enttarnt, mein lieber Gottlieb.

– Du bist so verdammt lustig, Marie.

– Ich bin nur schlau, schaue hinter die Kulissen. Ich weiß jetzt, mit wem ich es zu tun habe.

– Das ist reines Wunschdenken. Ich würde ja gerne, aber ich kann mich leider nicht besser machen, als ich bin. Spätestens wenn wir uns sehen, würdest du die Wahrheit erfahren, warum also lügen?

– Wir werden uns nicht sehen, Gottlieb.

– Vielleicht ja doch. Und deshalb bemühe ich mich, alles richtig zu machen.

– Du schreibst also keinen Roman?

– Nein.

– Du willst mir also tatsächlich sagen, dass du eine Putzfrau bist. Bei McDonald's. Du meinst das wirklich ernst?

– Ja.

– Kein Schriftsteller?

– Nein. Ich reinige Fritteusen. Aufregender ist mein Leben nicht. Aber ich bin zufrieden damit. Ich verdiene, was ich zum Leben brauche, ich bekomme regelmäßig Essensgutscheine und habe fünf Wochen im Jahr frei.

– Klingt deprimierend.

– Stimmt eigentlich. Jetzt wo du es sagst.

– Gott sei Dank hast du im Lotto gewonnen.

– Ja. Gott sei Dank.

– Das bringt etwas Licht in die ganze Sache. Genauso wie die Sache mit deiner Marie. Diese kleine Romanze hat dir bestimmt sehr gutgetan, nicht wahr?

– Hat sie.

– Das freut mich, Gottlieb. Wobei ich sagen muss, dass ich wirklich hin- und hergerissen bin. Irgendwie quält mich das Ganze.

– Warum?

– Weil du recht hattest vorhin.

– Womit hatte ich recht?

– Ich weiß zwar nicht warum, aber es könnte tatsächlich sein, dass ich eifersüchtig bin. Mir vorzustellen, wie ihr euch geküsst habt, fällt mir schwer. Dass ihr euch berührt habt. Sex miteinander hattet.

– Wusste ich es doch.

– Ich bin eine ziemlich dumme Kuh, oder?

– Nein, das bist du nicht. Im Gegenteil. Ich freue mich, dass du das sagst. Dafür könnte ich dich in die Arme nehmen.

– Wirklich?

– Ja.

– Dann tu es doch einfach.

– Was meinst du?

– Nimm mich in den Arm, Gottlieb.

– Am Telefon? Ich weiß nicht, ob ich das kann.

– Hör auf nachzudenken und mach mich einen Moment lang glücklich. Jetzt.

– Wie?

– Du legst deine Arme ganz fest um mich herum. Und ich lege meinen Kopf an deine Brust. Schmiege mich an dich.

–

–

– So?

– Ja. Und jetzt hör bitte auf zu reden.

–

– Fühlt sich gut an, Gottlieb.

– Finde ich auch, Marie.

– Ich kann dich atmen hören.

– Ich dich auch.

–

–

– Darf ich dich noch um etwas bitten?

– Alles, was du willst.

– Würdest du auch noch die Augen für mich schließen?

– Die sind längst zu, Marie.

02:55

– Das war schön, Gottlieb.

– Ja.

– Ich hätte mich noch stundenlang von dir halten lassen können.

– Der Telefonanbieter war wohl dagegen.

–

– Und jetzt, Marie?

– Erzählst du weiter.

– Sicher?

– Ja. Was ist passiert im Schnee? Wie und wo kam es zum Äußersten? Wo seid ihr hingefahren?

– Nirgendwohin. Das Wohnmobil steckte fest. Alles war weiß, die Welt um uns herum war verschwunden, der Weg, die Häuser, der Himmel. Der Schnee lag fast einen Meter hoch, wir mussten zu Fuß weiter. Zurück zur Hauptstraße, wir haben Auto gestoppt. Skiurlauber aus Norddeutschland haben uns mitgenommen. Sie waren auf dem Weg nach Tirol. Ein Mann und eine Frau, sie waren sehr freundlich. Wir saßen auf der Rückbank und sind durch diese Schneelandschaft gefahren. Ohne ein Wort zu reden in einem fremden Auto. Wir wussten nicht, wo wir hinwollten, es gab keinen Plan, da waren nur die Schneeflocken, die fielen.

– Und Marie? Hattest du den Eindruck, dass es ihr besser ging?

– Ich hoffte es. Sie hat die ganze Zeit über nicht geredet. Erst als wir ankamen. Dass sie auf den Berg hinauf will, hat sie gesagt. Mit der Gondel nach oben, weil die beiden Urlauber davon geschwärmt haben beim Abschied. Dass sie schon seit Jahren dorthin kommen, haben sie gesagt, dass es der schönste Platz auf der Welt ist für sie. Ganz oben am Gipfel. Man kann von dort bis zum Meer sehen, haben sie gesagt. Marie war Feuer und Flamme.

– Aber das Wetter war doch schlecht, oder?

– Es hatte aufgehört zu schneien. Plötzlich war der Himmel blau, die Sonne schien. Es hat einfach alles gestimmt in dem Moment.

– Aber ihr hattet keine vernünftigen Winterklamotten dabei, keine ordentlichen Schuhe.

– Wir sind in das nächste Sportgeschäft und haben uns eingekleidet. Dann habe ich Tickets gekauft, und schon saßen wir in der Gondel. Marie war euphorisch, sie hat sich bedankt, mir einen Kuss auf die Wange gegeben. Sie war so fröhlich, und ich wollte ihr dieses Gefühl nicht nehmen. Als wir nach oben fuhren, dachte ich wirklich, dass es durchgestanden ist. Zumindest wollte ich daran glauben. Dass sie es nie wieder versuchen wird. Für einen Moment war alles gut.

– Hat sie sich nicht gewundert, dass du so viel Geld für sie ausgibst? Dass ein wildfremder Mann ihr Klamotten kauft? Sie muss doch danach gefragt haben, warum du das alles machst.

– Das hat sie.

– Und?

– Ich habe ihr gesagt, dass Geld keine Rolle spielt.

– Kommt mir irgendwie bekannt vor.

– Ich wollte nicht, dass die Geschichte aufhört, ich wollte in ihrer Nähe sein. Ich hätte alles dafür getan, um bei ihr bleiben zu können. Alles hätte ich ihr gekauft.

– Du warst der großzügige Onkel. Mit ihrem Lottoschein in der Tasche, wohlgemerkt. Das ist sehr pikant, Gottlieb.

– Ihr Geld, mein Geld, das ist doch egal. Wichtig ist nur, dass wir nicht gefroren haben und irgendwann auf der Bergstation angekommen sind. Ich wollte in die Hütte, etwas essen, mit ihr auf der Terrasse einen Tee trinken, kurz ausruhen, so tun, als wären wir gewöhnliche Touristen. Aber sie bestand darauf, dass wir mit dem Sessellift bis zum Gipfel fahren. *Ich will das Meer sehen*, hat sie gesagt. Sie war so begeistert von diesem Blick. Die weißen Berge waren wie hingemalt. Über uns nur Blau. Es hätte wirklich nicht eindrucksvoller sein können.

– Sie wollte also mit dir in den Himmel?

– Ja, das wollte sie. Und ich auch. Anstatt auf sie aufzupassen, habe ich mir nur gewünscht, dass sie mich noch einmal küsst, dass dieses glückliche Lächeln neben mir nie vergeht.

– Aber es ist vergangen?

– Ja.

– Sie ist gesprungen, stimmt's? Wahrscheinlich hat sie gewartet, bis die Entfernung zum Boden größtmöglich war, und sich unter dem Sicherheitsbügel hindurchgezwängt.

–

– War es so?

–

– Warum sagst du nichts?

– Weil es genau so war.

– Bingo.

– Wie kannst du das wissen?

– War nur geraten.

– Marie war plötzlich weg. Sie hat nicht geschrien.
Weder während sie gefallen ist, noch als sie unten
im Schnee verschwand.

– Ich nehme an, sie hatte Glück?

– Ja. Sie ist gerade noch in diesem Schneefeld gelandet, zwei Meter weiter ragte ein Felsen hervor, eine
große Steinplatte, das hätte sie nicht überlebt.

– War sie verletzt?

– Ich konnte sie nicht sehen, sie war so tief in den
Schnee eingetaucht. Und der Lift fuhr einfach weiter. Ich konnte nichts tun. Ich wollte hinterher, habe
es aber nicht fertiggebracht. Ich habe nach unten
geschaut, aber ich hatte Angst, verstehst du?

– Ich wäre wahrscheinlich auch nicht gesprungen.
Man muss schließlich nicht Selbstmord begehen,
nur um jemandem innerhalb von vierundzwanzig
Stunden das zweite Mal das Leben zu retten. Niemand nimmt dir das übel, Gottlieb. Ist nur mensch-
lich, du musst dir keine Vorwürfe machen.

– Ich bin trotzdem gesprungen.

– Bist du nicht.

– Doch. Aus irgendeinem Impuls heraus habe ich es
getan. Weil sie auf meine Rufe nicht reagiert hat,
weil ich völlig allein war auf diesem Scheißlift. Vor

mir niemand und auch hinter mir nicht. Keiner hat sie fallen gesehen, ich hätte die Stelle wahrscheinlich nie mehr wiedergefunden.

– Aber die Liftstützen haben doch normalerweise Nummern. Wäre doch ganz einfach gewesen, Hilfe dorthin zu lotsen. Man hätte sie geborgen, und ihr hättet euch an der Bergstation wiedergetroffen.

– Ich konnte nicht klar denken in diesem Moment. Ich habe einfach den Sicherheitsbügel nach oben geklappt und bin so wie sie im Schnee verschwunden.

– Du Verrückter. Das ist völliger Wahnsinn, was du da gemacht hast.

– Ich weiß. Aber mir ist nichts passiert. Es war so, als wäre ich in eine Wolke aus Watte gefallen. Da war kein Schmerz, all meine Glieder waren heil geblieben. Irgendwie war ich glücklich in diesem Moment.

– Ich muss das ja nicht verstehen, oder?

– Ich habe nach ihr gerufen.

– Und?

– Alles war taub, meine Schreie erstickten. Mit den Armen habe ich den Schnee zur Seite geschoben, mir einen Weg gebahnt. Ich bin zu dem Felsen und nach oben geklettert. Ich habe alles nach ihr abgesucht.

Dann habe ich sie gesehen. Hundert Meter von mir entfernt hat sie sich durch den Schnee gekämpft. Ich habe weiter nach ihr gerufen, aber sie ist auf den Wald zugesteuert, ohne sich umzudrehen, sie ist immer weiter, hat sich nicht beirren lassen.

– Sie ist vor dir weggerannt?

– Ja.

– Aber du hast sie wieder eingefangen. Du bist ein verdammter Held, Gottlieb, weißt du das? Nicht viele Männer auf dieser Welt hätten das gemacht. Die meisten hätten wohl Angst gehabt, sich mit Tollwut anzustecken.

– Aber Marie ist doch kein Tier. Sie war einfach neben der Spur, eine Sicherung ist durchgebrannt. Ich habe nur versucht, ihr wieder auf die Beine zu helfen.

– So nennst du das also, wenn du Sex hast.

– Es war nicht so, wie du jetzt denkst.

– Wie denn dann?

– Romantischer.

– Klar. Deshalb hoffe ich, dass die Spannung jetzt am Zenit angelangt ist. Es wäre gut, wenn du jetzt dann zum eigentlichen Punkt kommst, das Vorspiel gerät sonst für meinen Geschmack etwas zu lang.

– Bist du dir sicher, dass du das hören willst?

– Ich denke, ich kann es verkraften, ja. Also, wie habt ihr es angestellt und wo? Überall war Schnee, wie soll das funktionieren?

– Da war eine kleine Jagdhütte.

– Die Hütte ist also genau im richtigen Moment aufgetaucht?

– Ja.

– Und sie war natürlich unverschlossen.

– Nein, wir sind eingebrochen. Wir sind bestimmt eine Stunde durch den Wald gelaufen, wir waren müde, es wurde dunkel. Was hätten wir sonst tun sollen?

– Du hast sie also eingeholt?

– Ja. *Wo willst du hin*, habe ich sie gefragt. *Was hast du vor? Was erwartest du dir von dem ganzen Irrsinn?*

– Und was hat sie geantwortet?

– Dass sie mit mir schlafen will. *Mach mich glücklich*, hat sie gesagt. So wie du vorhin.

– Wow.

– Ja.

– Zuerst will sie sich umbringen, und dann will sie mit dir schlafen? Kam dir das nicht irgendwie seltsam vor?

– Doch, natürlich. Ich war überrascht. Aber es war wirklich das Letzte, wonach mir in diesem Moment war. Ich wollte nur, dass sie lebt, dass wir heil wieder von diesem Scheißberg herunterkommen.

– Aber es muss doch etwas mit dir gemacht haben.

– Was meinst du?

– Eine Frau sagt zu dir, dass sie Sex mit dir will, und du tust so, als hätte sie dich nach dem Bus gefragt. Du bist ja nicht aus Stein! Da muss sich doch etwas regen in dir, wenn jemand dir das Aufregendste auf der Welt in Aussicht stellt.

–

–

– Ich konnte sie riechen. Ich habe mir vorgestellt, wie sie nackt aussieht.

– Na also.

– Ich habe mir vorgestellt, wie es sich anfühlt, von ihr berührt zu werden. Sie zu küssen. Irgendetwas in mir hat laut danach geschrien.

– Und? Hast du es getan?

– Ja.

– Mit Zunge? Hast du sie geküsst?

–

– Sag schon.

– Was denn?

– Hattet ihr Blümchensex oder war das richtige Leidenschaft?

– Das war kein Blümchensex.

– Ihr seid also in dieser Jagdhütte richtig übereinander hergefallen?

– Nein, so war es auch nicht.

– Wie war es dann?

– Es ging alles sehr langsam. Zuerst habe ich die Scheibe eingeschlagen und das Fenster geöffnet, dann sind wir in die Hütte geklettert. Das Fenster habe ich verbarrikadiert, mit einer Decke abgedichtet, damit die Kälte nicht hereinkommt. Dann habe ich den Ofen eingeheizt. Holz war da, Papier, ein Feuerzeug. Die Hütte war perfekt.

– Und was hat Marie gemacht?

– Sie ist die ganze Zeit auf dem Bett gesessen und hat mir zugesehen. Sie hat gewartet, bis es warm genug war. Dann hat sie sich ausgezogen.

– Gutes Mädchen.

– Ich stand nur da. Starrte sie an.

– Und? War sie heiß?

– Ja.

– Große oder kleine Brüste?

– Kleine.

– Rasiert?

– Bitte was?

– Ich möchte nur von dir wissen, ob ihre Muschi rasiert war.

– Warum willst du das jetzt wissen?

– Weil es ein spannendes Thema ist. Ich zum Beispiel habe mich jahrelang rasiert, ich bin willenlos mit dem Strom geschwommen, habe mich von der Pornoindustrie manipulieren lassen. Kein Härchen hättest du damals da unten gefunden.

– Und heute?

– Sind da Haare. Zugegeben, kein Mörderbusch, aber immerhin. Fühlt sich irgendwie besser an. Fraulicher, verstehst du?

– Ja.

– Ganz ohne Haare, das geht nicht. Bin ja kein kleines Mädchen mehr. Also lasse ich am Schamhügel immer etwas stehen, ein getrimmtes Viereck, ein Rechteck, einen Kreis. Schaut hübsch aus. Und ganz unten rum bin ich natürlich nackt. Bei den Schamlippen, meine ich. Würde sich sonst nicht gut für dich anfühlen, wenn du sie in den Mund nimmst.

- Ich nehme gar nichts in den Mund.
- Früher oder später wirst du es tun.
- Sei dir da nur nicht so sicher. Ich bin schüchterner, als du denkst.
- Wir haben Zeit, Gottlieb.
- Ja, das haben wir.
-

-

- Also, war sie jetzt rasiert oder nicht?
- Es war so wie bei dir.
- Sehr gut. Und weiter? Komm schon, jetzt wird es ernst.
- Sie hat sich auf das Bett gelegt und ihre Beine haben sich langsam geöffnet. In hundert Jahren hätte ich nicht damit gerechnet, dass mir so etwas passiert. Es war, als hätte sie mich elektrisiert. Ich konnte nichts tun. Habe mich nicht vom Fleck gerührt. Ich habe sie nur angesehen. Gehört, wie sie es gesagt hat.
- Was hat sie denn gesagt?
- *Zieh dich aus, Gottlieb. Jetzt bist du an der Reihe.*
- Gefällt mir. Schaut so aus, als hätte die Frau Ahnung davon, wie man Männer dazu bringt, den Verstand zu verlieren. Ich wäre höchstwahrscheinlich ähnlich vorgegangen.

– Alles in mir hat sich dagegen gewehrt.

– Aber du hast es trotzdem getan, richtig? Sag mir bitte, dass du deine Jacke ausgezogen hast. Deine Hose, den Pullover, das Unterhemd.

– Ich habe alles an den Haken an der Wand gehängt. Meine Schuhe habe ich auf den Boden vor das Bett gestellt. Dann habe ich mich zu ihr gesetzt.

– Gut so.

– Ich saß ihr gegenüber. Eineinhalb Meter waren Platz zwischen uns beiden. Ich wollte ihr nicht zu nahe kommen. Habe mich geschämt. Meine Hände und Arme versuchten, so viel wie möglich von mir zu verbergen. Ihre Blicke waren mir unangenehm. Etwas in mir wollte, dass sie aufhörte mich anzustarren, und etwas anderes sehnte sich danach, dass sie weitermachte. Ich habe dafür gebetet, dass sie sitzen bleibt, dass sie nicht wieder aufsteht und geht.

– Ich verstehe dich, Gottlieb. Ich kann mir das alles sehr gut vorstellen. Muss wundervoll gewesen sein, dieser Moment.

– Sie hat begonnen, sich zu berühren. Zwischen ihren Beinen. Ich habe gesehen, wie sie sich gestreichelt hat. Ganz langsam. Ihr Blick immer auf mich gerichtet. Sie wollte, dass ich es sehe.

- Was denn?
- Wie ihr Finger in ihr verschwand. Sie hat es mir gezeigt. Was sie von mir wollte. Wie ich es machen sollte.
- Mir wird ganz warm, Gottlieb.
- Ihr Mund war offen. Sie hat gestöhnt. Ganz leise nur. Ich konnte hören, wie sie atmet.
- Was noch, Gottlieb? Ich möchte mehr hören. Was hat sie mit ihrem Finger gemacht? Bitte sag es mir.
- Sie hat ihn wieder herausgezogen.
- Und dann?
- Hat sie ihn abgeleckt.
-
- Ganz langsam hat sie ihren Finger abgeleckt.
- Wow.
- Ja.
- Du machst das wirklich verdammt gut, mein Lieber. Ich habe sehr lange üben müssen, bis ich das so hinbekommen habe wie du jetzt. So wie es aussieht, bist du ein Naturtalent. Das macht mich richtig an.
- Aber?
- Ich muss kurz was erledigen.
- Jetzt?

– Wir werden ohnehin gleich wieder unterbrochen.
Kurze Pause, okay?

– Du kannst doch jetzt nicht auflegen.

– Ich muss.

– Aber es ist doch schön, oder?

– Sehr.

– Warum dann genau jetzt?

– Gib mir zehn Minuten, dann machen wir weiter.

– Warum nicht gleich? Ich lege auf und rufe sofort
wieder an.

– Keine Eile, mein Lieber, wir haben Zeit.

– Aber es könnte sein, dass du einschläfst. Dass du das
Klingeln nicht mehr hörst. Dass der Strom ausfällt.

– Vielleicht ist es gut, wenn sich die Situation hier
etwas abkühlt.

– Warum denn?

– Ich möchte verhindern, dass du gleich dein ganzes
Pulver verschießt. Also entspann dich, Gottlieb. Ich
bin sofort zurück.

– Irgendetwas in deiner Stimme sagt mir, dass das
jetzt ein Abschied für immer ist.

– Wirst du immer paranoid, wenn du geil bist?

– Ich bin nicht geil.

– Ich schon.

03:49

– Das waren mehr als zehn Minuten.

– Sei nicht kleinlich, Gottlieb.

– Wenn du mich loswerden willst, sag es doch einfach.

– Ich will dich nicht loswerden, Gottlieb. Ich habe nur kurz geduscht.

– Du willst nicht mehr hören, wie es weitergeht, oder?

– Natürlich will ich das. Vielleicht mehr, als du denkst. Trotzdem musste ich duschen.

– Wozu soll das gut sein mitten in der Nacht?

– Ich hatte das Gefühl, dass ich nicht gut rieche. Es ist mir plötzlich so ergangen wie dir vorhin. Du erinnerst dich? Dass du stinkst, hast du gesagt.

– Das war doch nicht ernst gemeint. Da wollte ich nur, dass du aufhörst, mich anzumachen. Ich war noch nicht so weit.

– Und jetzt bist du so weit?

– Ja.

– Und genau deshalb habe ich mich gewaschen. Ich habe mir nämlich vorgestellt, dass ich das bin, die da am Bett sitzt. In dieser Hütte im Wald.

– Wirklich?

– Ja.

– Du willst mich also nicht loswerden?

– Wenn ich dich loswerden wollte, wäre das schon
längst passiert. Ich würde bereits tief und fest schlafen, und du hättest nicht wieder angerufen. Glaub
mir, ich weiß, wie das funktioniert.

– Wie denn?

– Ich hätte dir zum Beispiel gesagt, dass ich blind bin.

– Blind?

– Ja, das funktioniert immer. Hätte mit Garantie auch
dich dazu gebracht, das Handtuch zu werfen. In
dem Moment, in dem ich es ausspreche, lassen die
Männer von mir ab. Wenn ich ihnen sage, dass ich
mit einem Stock durch die Welt gehe. Dass ich zwar
megascharf bin, aber behindert. Dann legen sie auf.

–

–

– Als ich das erste Mal angerufen habe, hast du das
mit den Augen gesagt. Dass ich sie schließen soll.

– Und?

– Du hast das getan, weil du blind bist.

– Nicht doch. Das hat nichts damit zu tun. Dass ich
blind bin, sage ich nur zu Leuten, die nicht aufhören, mich zu belästigen, zu solchen, die immer und
immer wieder anrufen, obwohl ich das nicht will.

Ich lüge sie an, verstehst du? Ich bin nicht wirklich blind, Gottlieb.

– Vielleicht ja doch?

– Hörst du mir eigentlich zu?

– Aber es könnte doch sein, oder? Und weißt du auch, warum? Weil alles sein könnte. Ich habe nämlich immer noch keine Ahnung, wer du wirklich bist. Was du machst, wenn du nicht telefonierst. Warum solltest du also nicht blind sein? Passt wunderbar zur Heimarbeit. Niemand sieht dich, du kannst es vor allen verbergen. Außer jemand geht dir auf die Nerven. Dann sagst du die Wahrheit.

– Du hast recht.

– Wie jetzt?

– Dass du nichts von mir weißt. Und deshalb werde ich dir jetzt etwas über mich erzählen. Was ich wirklich gemacht habe. Früher, meine ich. Mein eigentlicher Beruf.

– Ich bin gespannt.

– Würdest du mir glauben, wenn ich dir sage, dass ich in einer Metzgerei gearbeitet habe? Dass ich Kälber geschlachtet habe und Schweine?

– Nein.

– Warum nicht?

– Das passt nicht zu dir. Dafür bist du viel zu zart.

– Woher willst du wissen, dass ich zart bin? Vielleicht wiege ich hundert Kilo und habe kaputte Hüften, weil ich ein ganzes Leben lang zu viel fettes Fleisch gegessen habe.

– Hast du nicht. Du ernährst dich ordentlich. Dein Aussehen ist dir wichtig.

– Bist du Hellseher, oder was?

– Du hättest dich sonst kaum geduscht, oder? Für jemanden, der fett und träge ist, wäre Sauberkeit kein Thema.

– Stimmt.

– Du wiegst maximal fünfundsechzig Kilo.

– Neunundfünfzig.

– Und du hast mit dem Kopf gearbeitet, nicht mit den Händen. Denn auch wenn du dich immer wieder bemühst, vulgär zu klingen, kannst du nicht verbergen, dass du mit Sprache umgehen kannst.

– Nicht schlecht. Wenn du so weitermachst, wirst du noch Rätselkönig.

– Du hast für eine Zeitung gearbeitet, stimmt's?

– Nein.

– Was dann?

– Ich war Lehrerin. Grundschule. Ich habe den Kin-
dern das Lesen beigebracht und das Rechnen. Ich
habe tausende Buchstaben auf Tafeln geschrieben,
ich habe unzählige Theaterstücke einstudiert, Lie-
der gesungen, ich habe Brandreden für die gesunde
Jause gehalten. Ich habe Elterngespräche geführt,
Konflikte geschlichtet und Noten verteilt. Und die
meiste Zeit hat mir das sogar Spaß gemacht.

– Warum hast du damit aufgehört?

– Ich hatte genug. War satt. So wie du im Hospiz.
Irgendwann geht einem die Luft aus. Ich konnte
nicht mehr.

– Wirklich?

– Such es dir aus.

– Wie meinst du das?

–

–

– Vielleicht bin ich ja doch blind. Vielleicht hatte ich
einen Autounfall, schwere Kopfverletzungen, man
hat mich mehrmals operiert, aber meine Augen
konnte man nicht mehr retten. Oder ich litt schon
seit Jahren an grünem Star und habe es verabsäumt,
die Krankheit zu behandeln. Oder noch besser, ich
habe Diabetes mellitus und meine Netzhaut hat sich

abgelöst. Ich musste meinen Job kündigen, weil ich die süßen kleinen Kinderchen nicht mehr sehen konnte.

– Du spinnst.

– Würde es dich stören, wenn ich blind wäre?

– Nein.

– Glaube ich dir nicht, Gottlieb. Niemand, der halbwegs bei Verstand ist, will freiwillig mit einer behinderten Frau zusammen sein. Nicht einmal am Telefon. Allein die Vorstellung, in diese leeren Augen zu schauen, stößt alle ab.

– Mich nicht.

– Das sagst du jetzt.

– Das werde ich auch dann noch sagen.

– Wann dann?

– Wenn wir uns zum ersten Mal begegnen.

– Warum sollten wir uns begegnen?

– Weil das unser Schicksal ist, Marie.

– Du bist wirklich ein heilloser Romantiker. Oder doch ein Psychopath. Die Grenzen zwischen beidem verlaufen ja manchmal fließend.

– Stimmt.

–

– Gehst du mit mir trotzdem wieder zurück?

– Wohin?

– In die Jagdhütte. Es gibt da nämlich noch einiges, das ich dir zeigen möchte.

– Gerne.

–

–

– Wir haben miteinander geschlafen.

– Schon klar. Aber wie? Ich will Details, Gottlieb. Bitte bring mich zum Beben.

– Ich kann dir nicht mehr sagen, als dass es wunderbar war.

– Wunderbar?

– Ja.

– Mehr fällt dir dazu nicht ein?

– Nein.

– Das kann nicht dein Ernst sein, oder? Zuerst machst du ein Riesentheater, weil ich eine kurze Pause machen will, und jetzt beendest du das Ganze mit einem Satz, mit einem Wort?

– Ja.

– Du machst mich heiß und lässt mich vor vollem Trog verhungern. Und dafür habe ich jetzt geduscht?

– Aber ich kann das nicht beschreiben.

– Versuch es.

–

–

– Sie war so verletzlich.

– Weiter.

– Sie hat sich mir völlig hingegeben. Sie hat sich beinahe aufgelöst, wie eine Schneeflocke war sie. Sie hat mich berührt und ist geschmolzen.

– Jetzt wird es wieder ein bisschen peinlich, Gottlieb.

– Warum denn? Was ist peinlich?

– Das ist kein Lyrikseminar hier. Und außerdem passt das alles nicht zusammen. Zuerst ist sie lasziv, verführt dich, und dann ist sie plötzlich eine verletzliche Schneeflocke und löst sich auf?

– Aber so war es. Sie hat mich zu sich herangezogen und mir einen Kuss gegeben. Sie hat in mein Ohr geflüstert. Und sie hat sich auf mich gelegt. Ganz nah waren wir uns. Ich werde das nie wieder vergessen.

–

– Sie hat mich glücklich gemacht.

– Und du hast auch sie glücklich gemacht, stimmt's? Du hast ihr endlich von dem Lottoschein erzählt.

– Ja.

– Du hast dein schlechtes Gewissen erleichtert. Nach dem, was sie mit dir angestellt hat, konntest du keinen klaren Gedanken mehr fassen. Du warst Wachs in ihren Händen und hast ihr die Wahrheit gesagt.

– Ja.

– Unfassbar. Du hast ihr also tatsächlich von dem Geld erzählt?

– Ich konnte nicht anders.

– Und was hat sie gesagt?

– Sie hat nur zugehört.

– War sie nicht wütend?

– Nein. Sie hat einfach nur geschwiegen. Und dann ist sie verschwunden.

– Wohin ist sie verschwunden?

– Ich weiß es nicht. Wir sind lange wachgelegen in der Nacht. Es gab keine Anzeichen dafür, dass sie gehen würde. Ich dachte wirklich, dass es ein neuer Anfang ist. Ich dachte, dass sie das mit dem Lottoschein erst verdauen muss, dass sie Zeit braucht. Sie war völlig gelassen. Sie hat mich nur angesehen und genickt, als ich sie gefragt habe, ob sie sich freut.

– Aber sie muss doch völlig ausgeflippt sein, dass sie zweieinhalb Millionen Euro gewonnen hat. Eigentlich müsste sie dir um den Hals gefallen sein.

– Ist sie aber nicht.

– Vielleicht hat sie dir nicht geglaubt.

– Ich habe ihr von dem Reiseführer erzählt, von der Lottoziehung im Fernsehen. Und ich habe ihr den verdammten Schein einfach in die Hand gedrückt.

– Und was hat sie damit gemacht?

– Sie hat sich die Zahlen angesehen und genickt.

– Und dann?

– Hat sie den Schein auf den Tisch gelegt. Ich habe ihr gesagt, dass ich nichts von dem Geld haben will, dass alles ihr gehört. Dass ich ihr nur deshalb gefolgt bin, weil ich das richtigstellen wollte.

– Du hast es tatsächlich getan.

– Ja. Ich habe ihr die Wahrheit gesagt, und dann bin ich eingeschlafen. Ich war mir zu hundert Prozent sicher, dass sie noch da sein würde, wenn ich aufwache.

– Aber sie war weg.

– Ja.

– Und der Lottoschein?

– Lag auf dem Tisch.

– Sie hat ihn dagelassen?

– Ja. Deshalb war ich mir auch so sicher, dass ich sie nie wieder sehen würde. Ich war überzeugt davon, dass sie sich umgebracht hat. Während ich sie gesucht habe, habe ich mir die ganze Zeit ausgemalt, dass sie irgendwo im Schnee erfroren ist, dass sie wieder irgendwo hinuntergesprungen ist und sich den Schädel gebrochen hat. Ich habe es vor mir gesehen, wie sie sich mit einem Jagdmesser die Pulsadern aufgeschnitten hat. Überall im Schnee war Blut. Ich bin fast durchgedreht vor Angst.

– Hast du sie gefunden?

– Nein. Ich bin stundenlang durch den tiefen Schnee gerannt, habe ihre Spur verloren. Sie hat die Skipiste gekreuzt und muss irgendwo weiter unten wieder in den Wald eingetaucht sein. Ich war verzweifelt, wusste nicht, was ich tun soll.

– Du hättest die Bergrettung verständigen können.

– Das habe ich auch.

– Und?

– Ich habe sie angefleht, nach ihr zu suchen. Aber sie haben mich nicht ernst genommen. Sind davon ausgegangen, dass wir Streit hatten, dass mich meine Freundin verlassen hätte.

– Warum das denn?

– Ich habe ihnen erzählt, dass wir im Skiurlaub sind, dass wir eine Schneewanderung gemacht haben und

Marie währenddessen einfach ohne Erklärung verschwunden ist.

– Hast du ihnen von der Hütte erzählt?

– Natürlich nicht. Wir sind dort eingebrochen, sie hätten mich verhaften lassen, wenn ich ihnen die Wahrheit gesagt hätte.

– Hast du ihnen gesagt, dass Marie selbstmordgefährdet war?

– Nein, das auch nicht. Ich sagte doch, dass ich lügen musste.

– Du hättest ihnen Geld anbieten können, damit sie nach ihr suchen.

– Auch das habe ich. Aber sie haben nur freundlich gelächelt und mir auf die Schulter geklopft. *Das wird schon*, haben sie gesagt und sich verabschiedet.

– Das ist ja schrecklich.

– Ja. Ich bin im Bergrestaurant allein in einer Ecke gesessen und habe geweint. Der Wirt hat mir einen Schnaps hingestellt und mitleidig gelächelt. Ich habe den Schnaps getrunken und bin mit der Gondel wieder ins Tal gefahren.

– Mit dem Lottoschein in deiner Tasche?

– Ja.

– Hattest du nie Angst, dass der Schein nass wird? Dass man den Strichcode nicht mehr scannen kann? Dass die Farbe abgeht?

– Ich hatte Angst um Marie und nicht um diesen verdammten Lottoschein. Ist das so schwer zu verstehen, dass ich fast gestorben bin vor Sorge?

– Sie hat doch überlebt, oder?

– Aber das wusste ich damals noch nicht. Ich ging davon aus, dass sie tot war. Als ich unten ankam, hoffte ich noch, dass sie zurück zu dem Wohnmobil gegangen ist, dass sie damit weggefahren ist. Aber es war noch da. Es hat sich so angefühlt, als würde mir jemand mein Herz aus dem Leib reißen. Alles, was ein paar Stunden vorher noch so schön war, ging in diesem Moment kaputt. Ich konnte das Glück nicht festhalten. Es ist irgendwo im Schnee verschwunden.

– Das tut mir leid.

– Tut es nicht.

– Doch, Gottlieb, ich bin ja kein Unmensch. Ich kann das nur schwer nachvollziehen. Dass man so fühlen kann.

– Wie?

– Ich habe so etwas noch nie erlebt.

– Was?

– So etwas Aufregendes wie in der Hütte.

– Kann nicht sein.

– Warum nicht?

– Das ist dir doch alles zu schwülstig, zu kitschig, ich kenne dich doch.

– Du kennst mich?

– Ja. Ich meine, nein. Ich weiß nur, was du denkst.

– Das weißt du leider nicht. Ich beneide dich nämlich. Darum, dass du so etwas fühlen kannst. Dass du dich danach sehnen kannst. Es so wunderbar in Worte fassen kannst. Ich weiß nicht, ob ich zu so etwas fähig bin. Mich auf die Art auf jemanden einzulassen. Ich glaube, dafür bin ich nicht geschaffen.

– Warst du nie verheiratet?

– Nein.

– Ein Freund? Eine längere Beziehung?

– Auch nicht. Aber bis heute habe ich es nicht vermisst.

– Bis heute, Marie?

– Ja.

–

–

– Die blinde Lehrerin und der Nachthausmeister.

– Warum nicht, Gottlieb?

–

–

– Ich mag dich, Marie.

– Ich dich auch.

–

–

– Ich würde sagen, es entwickelt sich gar nicht schlecht zwischen uns beiden, Marie.

– Muss am Frühling liegen. Alles beginnt zu blühen. Sogar ich.

– Jetzt klingst aber du kitschig.

– So wie es aussieht, bist du ansteckend.

–

– Trotzdem ärgere ich mich, dass du so leichtfertig mit deinem Vermögen umgegangen bist. Du musst nämlich wissen, ich bin in bescheidenen Verhältnissen aufgewachsen.

– Ich auch.

– Umso mehr hoffe ich, dass du das Geld abgeholt hast, als du wieder zuhause warst. Die Vorstellung, dass du noch länger mit diesem Zettel durch die

Welt gelaufen bist, macht mich richtig nervös. An deiner Stelle hätte ich keine ruhige Minute gehabt.

– Ich bin nicht nach Hause.

– Was dann?

– Ich bin mit dem Zug nach Venedig gefahren.

– Warum das denn?

– Weil ich zwei Tage lang an ein Wunder glauben wollte. Ich dachte, ich würde sie dort finden, ihr wiederbegegnen, sie in einer dieser engen Gassen treffen, in einem Café am Markusplatz. Mit Gewalt habe ich mir eingeredet, dass sie dort hingefahren ist, zwei Tage lang bin ich durch Venedig gelaufen und habe sie vor mir gesehen. Wie sie mit offenen Armen mitten auf einem Platz steht und auf mich wartet.

– Aber nichts?

– Nein. Ich war ein Idiot.

– Aber ein liebenswerter Idiot.

– Die Reise war völlig umsonst.

– Aber du wolltest doch ohnehin immer nach Venedig, oder?

– Nicht so.

– Wie denn dann?

– Mit einer Frau. Jahrelang habe ich heimlich davon
  geträumt. Hand in Hand, verstehst du? Eis essen,
  mit dem Vaporetto über den Kanal an den Lido, ita-
  lienischer Wein in einer kleinen Trattoria.
– Ich komme mit.
– Mit mir nach Venedig?
– Warum nicht.
– Das sagst du jetzt nur wegen des Geldes, hab ich
  recht?
– Nicht nur. Ich sage das auch wegen Marie.
– Was hat sie damit zu tun?
– Sie hat dir die Anzeige in die Hand gedrückt. Sie
  hatte da wohl das richtige Gespür. Aus irgendeinem
  Grund hat sie tatsächlich gewusst, was gut für dich
  ist.
– Ja.
– Ich bin ihr dankbar. Obwohl ich es immer noch nicht
  ganz verstehe.
– Was verstehst du nicht?
– Woher sie wusste, wer ich bin.
–
– Und dass sie das mit den Kulis erwähnt hat.
– Warum denn nicht?
– Weil ich das nie gemacht habe.

04:20

– Warum hast du aufgelegt, Gottlieb?

– Entschuldige bitte. Aber ich musste nachdenken.

– Worüber?

– Über die Sache mit den Kulis.

– Und?

– Es gibt für alles eine Erklärung, Marie.

– Da bin ich mir sicher, Gottlieb. Aber vielleicht ist es das Beste, wenn wir jetzt einfach schlafen gehen.

– Nein, noch nicht.

– Ich bin müde.

– Wir können erst gehen, wenn wir fertig sind. Wenn keine Fragen mehr offen sind. Und wenn du mir gesagt hast, wann wir uns sehen können.

– Denkst du wirklich, dass das passieren wird?

– Ich bin überzeugt davon, Marie.

– Plötzlich so selbstbewusst?

– Du machst mir Mut. Jede weitere Minute, die du in der Leitung bleibst, lässt unsere gemeinsame Zukunft mehr Form annehmen.

–

– Einfamilienhaus, Kinder, Urlaub in Jesolo.

– Ernsthaft?

– Nein.

– Was dann?

– Ich möchte einfach noch länger mit dir zusammen
  sein. Von mir aus auch nur am Telefon. Hauptsa-
  che, ich kann deine Stimme hören.
– Für meine Verhältnisse war das jetzt schon lange
  genug. Normalerweise würde ich bereits seit drei,
  vier Stunden schlafen.
– Tust du aber nicht.
– Als du mir bei einem deiner ersten Anrufe gesagt
  hast, dass wir noch telefonieren werden, wenn es
  hell wird, habe ich dich insgeheim ausgelacht.
–

–

– Du und ich, bis die Sonne aufgeht.
– Und was ist mit Marie?
– Ich telefoniere gerade mit ihr.
– Aber die Geschichte ist noch nicht zu Ende, Gott-
  lieb. Ich will wissen, was mit ihr passiert ist, nach-
  dem sie aus der Hütte verschwunden ist. Ob du sie
  wiedergesehen hast. Ein paar Dinge sollten wir noch
  klären, findest du nicht auch?
– Ja.
– Also?
– Ich bin mit dem Zug von Venedig wieder nach Hause.
  Ich war ohnmächtig, habe mich in meinem Kinder-

zimmer verkrochen. Ich war traurig, verletzt, überfordert. Ich habe mir Vorwürfe gemacht, dass ich ihr nicht geholfen habe, als ich es noch konnte. Ich hätte sie zu einem Arzt bringen müssen oder in die Psychiatrie.

– Es lag nicht in deiner Verantwortung, dieser Frau das Leben zu retten. Außerdem glaube ich daran, dass jeder es schafft, sich umzubringen, wenn er es wirklich möchte.

– Was willst du damit sagen?

– Dass es eventuell nur ein Hilfeschrei war. Sie ist in einen kalten See gesprungen, mehr aber auch nicht. Wer sagt dir, dass sie es nicht auch ohne deine Hilfe wieder nach oben geschafft hätte?

– Das war wirklich verdammt knapp da unten.

– Vielleicht hat sie dich ja gesehen, bevor sie gesprungen ist. Sie ist davon ausgegangen, dass du sie retten wirst.

– Das glaube ich nicht.

– Jetzt denk noch mal nach, Gottlieb. Wer bringt sich so um? Wer will in eiskaltem Wasser ersticken? Vielleicht war das alles gar nicht so schlimm, wie es ausgesehen hat. Womöglich war sie einfach nur verzweifelt an diesem Tag und wollte etwas Verrücktes tun. Etwas machen, damit sie sich wieder spürt. Es kann doch sein, dass sie nie ernsthaft in Gefahr war.

– Das kannst du doch nicht wissen, Marie.

– Du aber auch nicht, Gottlieb. Ich weiß nur, dass niemand stirbt, wenn er von einem Sessellift in meterhohen Schnee springt. Man bricht sich ein Bein, aber viel mehr passiert da nicht.

– Meinst du wirklich?

– Sie lebt noch. Und das ist das Wichtigste, oder?

– Ja.

– Du kannst ein gutes Gewissen haben, Gottlieb. Und sie kann froh sein, dass du so nett bist. Dass du ihr nicht ordentlich den Kopf gewaschen hast. So etwas tut man nämlich niemandem an. Sie hat dich mit der Gewissheit in der Hütte zurückgelassen, dass sie sich umbringt. Diese Frau hat Scheiße gebaut.

– Ich weiß. Du hast recht. Trotzdem hat sie mich nicht losgelassen. Ununterbrochen habe ich an sie gedacht.

– Warum um Himmels willen bist du dann nicht einfach zu ihr nach Hause?

– Bin ich ja.

– Und?

– Plötzlich war alles anders.

– Was war anders?

–

– Bitte enttäusch mich jetzt nicht, Gottlieb.

– Was meinst du?

– Das Ende einer Geschichte ist mindestens so wichtig wie ihr Anfang.

–

– Ein Happy End wäre schön.

– Ja.

–

– Nach ein paar Tagen habe ich es in meinem Kinderzimmer nicht mehr ausgehalten. Ich bin also zu ihr nach Hause. Dorthin, wo ich sie zum ersten Mal gesehen habe. Ich habe Sturm geläutet, heftig an die Tür geklopft.

– Und?

– Ich war überzeugt davon, dass sie es nicht geschafft hat. Dass sie da draußen im Schnee erfroren ist. Ich habe mir so gewünscht, dass sie aufmacht. Dass diese verdammte Tür aufgeht.

– Sie ging aber nicht auf?

– Doch.

– Und? Was hat sie gesagt?

– Sie war nicht da.

– Wer hat dann die Tür aufgemacht?

– Eine alte Frau.

– Ihre Mutter?

– Nein.

– Sondern?

– Ich habe mich vorgestellt und nach Marie gefragt. Ich war aufgeregt, im ersten Moment tat ich mir schwer, einen geraden Satz zu formulieren. Das Trommeln meiner Fäuste an ihre Tür hatte sie erschreckt, sie hat die Tür bis auf einen Spalt breit zugeschoben und mir vorsichtig zugehört. *Was wollen Sie von mir*, hat sie gefragt. Dass ich gerne mit Marie sprechen würde, habe ich geantwortet. Dass ich ein alter Freund sei, sie schon lange nicht mehr gesehen habe. Doch die alte Frau schüttelte nur den Kopf.

– Warum?

– Sie sagte etwas, das ich nicht verstanden habe.

– Was denn?

– *Ich bin Marie*, hat sie gesagt.

– Was soll das bedeuten, Gottlieb?

– Das habe ich mich auch gefragt. Zuerst dachte ich, dass es ein Scherz sein sollte, dass Marie ihre Mutter zur Tür geschickt hat, um mich abzuwimmeln. Aber die alte Frau war allein in dem Haus.

– Woher willst du das wissen?

– Weil ich sie überredet habe, mich hineinzulassen.
Ich sagte ihr, dass ich dringend auf die Toilette muss,
ich war höflich und dankbar, und dann hat sie mich
zum Tee eingeladen. Ich hatte Gelegenheit, mich
umzusehen. Marie war nicht da. Da war nicht die
geringste Spur von ihr.

– Aber wie kann das sein? Du hast sie doch genau dort
zum ersten Mal gesehen, nicht?

– Glaub mir, ich war genauso überrascht wie du jetzt.
Deshalb habe ich die alte Dame mit Fragen gelö-
chert, sie bedrängt, mir zu sagen, wer die Frau war,
die ein paar Tage zuvor aus ihrem Haus gekommen
ist. Sie konnte es sich nicht erklären. Wusste nicht,
wovon ich rede. Sie ist zu dem besagten Zeitpunkt
gar nicht zuhause gewesen.

– Ein Einbruch?

– Es fehlte nichts, keine Einbruchsspuren.

– Bist du dir sicher, dass sie aus genau diesem Haus
gekommen ist?

– Ich weiß es nicht mehr. Sie stand da, hat sich die
Schuhe geschnürt. Ich konnte nicht wissen, dass
sie nur zufällig da war.

– Du weißt, was das bedeutet, oder?

– Ja.

– Du bist der falschen Marie hinterhergelaufen.

– Schaut so aus.

– Du hast einer wildfremden Frau erzählt, dass sie im Lotto gewonnen hat. Du wolltest ihr zweieinhalb Millionen Euro schenken. Dem Himmel sei Dank, dass sie es nicht genommen hat.

– Ja. Dann hätte ich der alten Dame beibringen müssen, dass ich ihr Geld verloren habe.

– Willst du mir jetzt sagen, dass du es wieder getan hast?

– Ja.

– Du hast ihr die Geschichte mit dem Reiseführer erzählt?

– Ja.

– Bei einer guten Tasse Tee hast du ihr vom Selbstmordversuch am See erzählt, von dem geklauten Wohnmobil, dem Sessellift und von der unfassbaren Liebesnacht mit der geheimnisvollen Fremden.

– Das mit dem Wohnmobil und der Liebesnacht habe ich ausgelassen.

– Und du sagst, ich bin durchgeknallt.

– Es war schön, zu sehen, wie sie reagiert.

– Dafür hast du dein Geld ein zweites Mal verschenkt?
Ich fasse es nicht.

– Sie hat mich umarmt. War außer sich vor Freude.
Sie konnte es nicht glauben, dass es so ehrliche Menschen auf der Welt gibt. Dass sie so viel Geld gewonnen hat. Es war herrlich, dieses Strahlen in ihren Augen zu sehen. Dieser Moment war wie ein Geschenk.

– Das ist unglaublich, Gottlieb. Du hast denselben Fehler tatsächlich zweimal gemacht.

– Das war kein Fehler, Marie.

– Was denn dann?

– Glück. Weil sie meine Hand genommen hat. Ganz
liebevoll hat sie sie gedrückt. So als würden wir
uns schon lange kennen. Als wären wir verbunden
irgendwie. Das war noch so ein magischer Moment.

– Mir wird schlecht.

– Sie hat mich angelächelt und mir den Lottoschein
in die Jackentasche geschoben. *Was soll ich denn
damit*, hat sie gesagt. Und dass sie das Geld nicht
mehr brauche. Dass sie alt sei und nur zum Spaß
spiele. Kannst du dir das vorstellen?

– Nein.

– Aber so war es, Marie.

- Sie hat dir das Geld geschenkt? Einfach so?
- Ja.
- Wow.
- Unglaublich, oder?
- Du bist ein richtiger Glückspilz, Gottlieb.
- Schaut so aus.
- Und du bist jetzt definitiv Millionär. Was die Sache für mich wieder äußerst attraktiv macht. Ich bin entzückt, mein Lieber.
- Das freut mich, Marie.
- Wobei eine Sache noch offen ist.
- Welche?
- Die Selbstmord-Marie. Was machst du mit ihr? Wie geht die Geschichte für sie aus?
- Du wirst es nicht für möglich halten, aber ich habe vor ein paar Tagen einen Brief von ihr erhalten. Lag einfach so im Postkasten. Ein Kuvert mit meiner Adresse vorne drauf, und hinten nur ihr Name. Du kannst dir vorstellen, wie überrascht ich war.
- Das kann ich, Gottlieb. Wirklich außergewöhnlich, wie sich am Ende alles zusammenfügt.
- Ja.
- Sehr originell verstrickt alles. Keine losen Enden. Beste Wolle, Gottlieb.

– Aber du weißt doch noch gar nicht, was in dem Brief
  stand. Wie eine Befreiung war es. Ich muss dir das
  unbedingt noch erzählen, Marie.

– Unbedingt, Gottlieb.

– Ich hatte nicht mehr damit gerechnet, dass ich noch
  einmal von ihr hören würde. Ich hatte Herzklop-
  fen. Habe den Brief sehr lange in der Hand gehalten, bevor ich ihn geöffnet und gelesen habe. Weil
  plötzlich alles wieder da war. All die Gefühle. Die
  Angst, dass sie sterben könnte, der Rausch dieser
  Nacht am Berg.

– Was hat sie geschrieben?

– Dass es ihr leidtut, dass sie einfach verschwunden
  ist und mir nicht gesagt hat, wer sie wirklich ist.
  Mich im Glauben gelassen hat, dass sie die Marie
  ist, die nach Venedig wollte. Deshalb hat sie auch
  den Lottoschein nicht genommen.

–

– Verrückt, oder? Sie hätte einfach damit verschwinden können, aber sie hat ihn liegen gelassen. Sie hat
  mitgespielt damals, als ich sie aus dem Wasser gezogen habe. Sie hat mir geschrieben, dass sie durcheinander war und dankbar. Dass sie es kurz genossen

hat, eine andere zu sein. Ohne Vergangenheit. Nur sie und ich in diesem Wohnmobil, in dieser Hütte am Berg. Und sie hat sich bedankt für das, was zwischen uns passiert ist. Sie schrieb, dass sie damals keine Worte dafür hatte, mir zu sagen, wie schön es für sie war. Dass ich für sie da war, mich um sie gekümmert habe. Sie hat nicht mehr daran geglaubt, dass ihr noch etwas Gutes passieren könnte in ihrem Leben. Dass es so etwas für sie gibt. Sie hat geschrieben, dass sie aus diesem Grund neu anfangen will. Und dass auch ich das tun soll.

– Wie hat sie das gemeint?

– Dein Inserat war in dem Kuvert.

– Kann nicht sein.

– Deine Nummer. Und das Foto.

– Aber wie passt das zusammen?

– Sie hat geschrieben, dass das Schicksal oft seltsame Wege geht.

– Aber warum um Himmels willen gibt sie dir die Nummer einer Sexhotline? Was soll das mit Schicksal zu tun haben?

– Ich soll mutig sein, hat sie geschrieben. Wenn ich es bin, kann ich sogar mit der Frau auf dem Foto glücklich werden.

– Gewagt. Aber gut.

– Finde ich auch.

– Ich denke, dass diese Marie in unserem Fall wohl ein goldenes Händchen hatte. Ich bin sehr froh, dass sie dir meine Nummer gegeben hat.

– Ich auch. Wobei ich zugeben muss, dass ich sehr nervös war, als ich zum ersten Mal angerufen habe. Ich musste mich überwinden.

– Du hast das wirklich toll gemacht, Gottlieb. Besser geht nicht. Ich habe nämlich noch nie so lange telefoniert. Das ist absoluter Rekord.

–

– Damit habe ich nicht gerechnet, Gottlieb.

– Womit?

– Dass es so schön wird.

–

– Und jetzt, Gottlieb?

– Gehe ich duschen.

– Warum?

– Du weißt warum.

05:46

– Und?

– Tut mir leid, dass es etwas länger gedauert hat. Aber ich habe mir richtig Mühe gegeben.

– Und ich dachte schon, dass du zu guter Letzt doch noch kneifst.

– Das würde ich mir niemals entgehen lassen.

– Ich weiß ja nicht, was genau du jetzt vorhast, Seemann. Aber eines muss ich dir auf alle Fälle noch sagen.

– Und das wäre?

– Du musst dir die Zähne putzen. Sonst küsse ich dich nicht.

– Zähne sind geputzt.

– Guter Junge.

– Trotzdem darf ich dich daran erinnern, dass wir nur telefonieren.

– Das muss ja nicht so bleiben, Gottlieb.

–

– Ich könnte zu dir rüberkommen.

– Wohin könntest du kommen, Marie?

– Zu dir, Gottlieb. Ich könnte jetzt auflegen, nach unten gehen, über den Hof laufen und zu dir rauf in den zweiten Stock kommen.

–

–

– Du weißt es?

– Natürlich, Gottlieb.

– Woher?

– Ich habe eins und eins zusammengezählt. Nirgendwo sonst im ganzen Block brannte Licht die ganze Nacht. Und an keinem anderen Fenster steht ein Mann, der telefoniert und zu mir herüberschaut.

–

–

– Tut mir leid, Marie.

– Es gibt nichts, was dir leidtun müsste, mein Lieber. Ich habe jede Minute mit dir genossen. Und das mit der Ehrlichkeit haben wir ja beide nicht ganz so ernst genommen.

– Du bist nicht wütend?

– Nein.

– Das wäre doch jetzt die Stelle, an der du mir Schimpfwörter an den Kopf wirfst. Mich anbrüllst, dass ich ein Psychopath bin, ein Spanner, der dich vom Fenster gegenüber aus beobachtet hat. Du müsstest doch eigentlich ausrasten.

– Entspann dich, Gottlieb.

–

–

– Das war nicht meine Idee, Marie.

– Es ist alles gut, Gottlieb. Du kannst dich wieder beruhigen.

– Ich selbst wäre nie im Leben darauf gekommen, bei dir anzurufen. Unter dieser Nummer, meine ich. Die Hausmeisterin hat mich dazu überredet. Sie sorgt sich immer um mich. Sagt, dass es eine Schande ist, dass ich alleine lebe. Sie wollte unbedingt, dass ich es versuche.

– Und warum wollte sie das?

– Weil ich sie gefragt habe, ob sie dich kennt.

– Warum hast du sie danach gefragt?

– Weil du mir aufgefallen bist. Schon seit Langem. Im Hof, wenn du den Müll rausbringst, in deiner Wohnung, wenn die Vorhänge offenstehen. Ich mochte es. Dich. Wahrscheinlich habe ich mich schon vor längerer Zeit in dich verliebt. Deshalb hat mir die Hausmeisterin auch das Inserat in die Hand gedrückt. Sie wollte, dass ich darüber Bescheid weiß, was du beruflich machst. *Wenn dich das nicht abschreckt, Junge, dann habt ihr vielleicht eine echte Chance*, hat sie gesagt.

–

–

– Du wusstest also, dass ich Marie heiße.

– Ja.

– Und was wusstest du noch?

– Dass du früher Lehrerin warst. Die Hausmeisterin meinte, ich soll dich anrufen, wenn ich mehr wissen will. Sie kann wirklich hartnäckig sein.

– Ja, das kann sie.

–

–

– Du kennst sie?

– Natürlich kenne ich sie, Gottlieb. Martha und ich sind alte Bekannte.

–

– Ich habe sie darum gebeten, dass sie dir das alles sagen soll. Und ich war es auch, die das Inserat für dich ausgeschnitten hat. Ich habe mir wirklich sehr gewünscht, dass du über deinen Schatten springst. Dass du anrufst. Dich traust. Was ich von dir gehört und gesehen habe, war nämlich vielversprechend.

– Wie meinst du das?

– Du bist nicht der Einzige, der tagsüber Zeit hat, aus dem Fenster zu schauen und andere Leute zu beobachten. Außerdem hat Martha mir erzählt, dass du

etwas verrückt bist. Dass du gerne vor dich hin-
träumst. Und wie du gemerkt hast, mag ich das.

–

– Bist du noch da, Gottlieb?
– Ja.
– Damit hast du jetzt nicht gerechnet, stimmt's?
– Nein, das habe ich nicht.
– Ist aber nur fair, oder? Dass wir beide Bescheid wis-
sen.
– Ja, das ist es. Ich bin froh darüber.

–

–

– Das war eine sehr schöne Nacht, Gottlieb.
– Ja, Marie.

–

–

– Hat verdammt viel Spaß gemacht.
– Das hat es, Marie. Ich habe schon lange nicht mehr
so leidenschaftlich gelogen.
– Ich auch nicht. Eine aufregende Geschichte haben
wir beide uns da ausgedacht.
– Das haben wir, Marie. War mir ein großes Vergnü-
gen, mit dir zu stricken.

–

– Und jetzt?

– Komme ich zu dir rüber. In fünf Minuten werde ich bei dir läuten.

– Und ich werde dir die Tür aufmachen, Marie.

– Das freut mich, Gottlieb.

–

–

– Bringst du den Pullover mit?

– Warum sollte ich?

– Kaschmir.

– Was ist damit?

– Ich möchte, dass du mir zeigst, wie es sich anfühlt. Auf der Haut. Du weißt schon.

– Das werde ich.

–

–

– Bis gleich, Marie.

– Bis gleich, Gottlieb.